শ্রীজাতর ফেসবুক

শ্রীজাতর ফেসবুক

পত্রভারতী

www.bookspatrabharati.com

পত্রভারতী

প্রথম প্রকাশ জানুয়ারি ২০১৮
দ্বিতীয় মুদ্রণ মার্চ ২০২০

ত্রিদিবকুমার চট্টোপাধ্যায় কর্তৃক পত্রভারতী, ৩/১ কলেজ রো, কলকাতা ৭০০০০৯
থেকে প্রকাশিত এবং হেমপ্রভা প্রিন্টিং হাউস, ১/১ বৃন্দাবন মল্লিক লেন,
কলকাতা ৭০০ ০০৯ থেকে মুদ্রিত।

প্রচ্ছদ সুযোগ বন্দ্যোপাধ্যায়
ছবি লেখক

SRIJATOR FACEBOOK
Facebook Memoirs *by* Srijato
Published by PATRA BHARATI 3/1 College Row, Kolkata 700009
Phones +91-33-22411175, 9433075550, 9830806799
E-mail patrabharati@gmail.com
visit at www.facebook.com/Patra-Bharati-521504074559888

ISBN 978-81-8374-495-9

যাদের ভালোবাসা,
প্রশ্রয় আর সমর্থনের জোরে
নিয়মিত ফেসবুকে লিখে
চলার সাহস পাই,
সেই অগণিত বন্ধুবান্ধবদের

নট ভৈরব

মন ভালো থাকলে গানবাজনা শুনি, মন খারাপ থাকলে তো কথাই নেই। ইদানীং নানা কারণে ভার হয়েই থাকে মন, তাই শুনতে থাকি। সারাদিনে সময় পাই না, ফলে সারারাত। সংগীত শোনার জন্যে, শ্রোতা হয়ে ওঠার জন্যে একটা শিক্ষা প্রয়োজন। ছোটবেলা থেকে মন দিয়ে সেই একটি শিক্ষাই আয়ত্ত করতে চেয়েছি, আজও করে চলেছি।

কাল মাঝরাত পেরিয়ে যাবার পর ইউটিউবে উস্তাদ সুলতান খান সাহিবের নট ভৈরব শুনছিলাম। পুণেতে, '৯২ সালের বাজানো। ধরামাত্র আমার ছোট্ট শোবার ঘরে ওই রাত সাড়ে বারোটাতেই ভোর নেমে এল। শুদ্ধ নিখাদ হয়ে কোমল ধৈবতে এসে দাঁড়াচ্ছেন বারবার, আর সেরে ওঠার বদলে মনখারাপ বেড়ে যাচ্ছে আরও। বেশ কিছুক্ষণ পর যখন প্রথমবার শুদ্ধ গান্ধার লাগালেন, মনে হল এর চেয়ে মেরে ফেললেও ভালো করতেন। সারঙ্গী যন্ত্রখানা এমনিতেও বিষণ্ণতার বিশারদ, তার ওপর এমন শিল্পীর হাতে পড়েছে, যিনি ব্যথা'র ঠিক মাঝখানে বসে চোখ বন্ধ করে বাজিয়ে চলেছেন। আমি এই চল্লিশ বছর বয়সে খুব সামান্যই গানবাজনা শুনেছি, কিন্তু আর কারও নট ভৈরব এমনভাবে মোচড় দিয়ে যায়নি।

আমি জানি যে উনি কেবল ওঁর নিজের জন্যেই বাজাচ্ছেন, কিন্তু একইসঙ্গে আমার আর নট ভৈরবের মধ্যে কোনও ব্যবধান রাখছেন না। যেন কেবল এই রাগটা এইভাবে শোনার জন্যেই আমার এতদিনের বেঁচে থাকা, যেন কেবল এই ক'টা স্বরের চলন ছাড়া অন্য কোনও ভাষা নেই আমার। একে যদি ঈশ্বরপ্রাপ্তি না বলে, তবে কাকে আর বলে! সংগীতের চেয়ে

বড় ঈশ্বর আর শিল্পীর চেয়ে বড় অবতার হয় বলে আমার অন্তত জানা নেই।

মাঝেমধ্যে মনে হয়, আমরা যারা নাস্তিক, যারা প্রথাগত ধর্ম ও প্রাতিষ্ঠানিক ঈশ্বরে পূর্ণরূপে অবিশ্বাসী, কিন্তু যারা মনেপ্রাণে সংগীতকে মানি, তাদের জন্যে আলাদা উপাসনাস্থল তৈরি করে দিলে বেশ হত। মন্দির, দরগা, মসজিদ, গুরদুয়ারার মতোই আমরা সেখানে প্রার্থনা রাখতে যেতাম, স্বর্গীয় উস্তাদ সুলতান খান সাহিবের মূর্তির সামনেই নাহয় বসে থাকতাম সারা সন্ধে। তাতেও পুণ্য হয়। আমাদের দেশে এঁদের মতো অবতার নেহাত কম আসেননি। তাও যে আমরা কেন অদৃশ্যের উপাসনা করি, কে জানে...

পুনশ্চ ঃ

বাজনাটি এখানে ভাগ করে নিলাম, যাঁরা এখনও শোনেননি, শুনবেন সময় নিয়ে। শুনবেন হঠাৎ বাজনা থামিয়ে উস্তাদ জাকির হুসেনের কণ্ঠে দেবী সরস্বতীর স্তোত্র, সংস্কৃততে। আর মনে রাখবেন, দেশটার নাম ভারতবর্ষ।

কলকাতা
২৫ ফেব্রুয়ারি, ২০১৫

ভৈরবীকে মেনে নিতে

বিস্মিত হতে ভুলেই গেছিলাম প্রায়, এমন সময়ে আজকের সকাল আমাকে এক বিস্ময়ের সামনে দাঁড় করাল, যার ঘোর কাটতে বহুদিন লাগবে। আমি যেহেতু সেই ছোটবেলা থেকেই নানারকমের গান দিয়ে চারপাশটাকে বুঝতে শিখেছি, তাই কোনও একটি গানকে আমি কীভাবে বুঝি বা দেখি, তার ওপর আমার অনেক কিছু নির্ভর করে। আজ খুব কাছের একটি গানকে এতখানি নতুন করে চিনলাম যে, মানিয়ে নিতে সময় লাগবে বইকি।

'ও যে মানে না মানা', রবীন্দ্রনাথের এই গানটি আমার বিশেষ প্রিয়, অনেকেরই নিশ্চয়ই। এমন সপ্রতিভ সুরের বুনোট ও সেইসঙ্গে বাণীর আলগা অথচ নিবিড় চলন খুব কম গানেই পাওয়া যায়। এখন ব্যাপার হচ্ছে, মোটামুটি বছর দশেক বয়েস থেকে গানটি শুনে আসছি এবং হালে বেশ কিছু ঘরোয়া আড্ডায় কেউ গাইতে বললে এই গানটিই সাহস করে গেয়েও উঠেছি। কিন্তু বেহাগের ছায়ায়। অর্থাৎ, 'ও যে মানে না মানা' গানটি আমার কাছে বেহাগের, সন্ধের।

আরেকটু ভেঙে বললে, আমার ধারণায় গানটি বেহাগের মধ্যসপ্তকের 'সা' থেকে শুরু হয়। স্বভাবতই, অন্তরায় 'যত বলি নাই রাতি' শেষমেশ তারসপ্তকের 'সা' কে ছুঁয়ে ফিরে আসে। বেহাগের সন্ধেবেলার ছায়ায় বিশ্রাম নেওয়া একখানি গান হয়ে সে ছিল আমার কাছে। বিপত্তি ঘটল আজ সকালে।

সামনেই একটি অনুষ্ঠানের জন্যে আজ আমাদের কয়েকজনের মহড়া ছিল, আমি আর

শ্রীকান্তদা একটু আগেই পৌঁছেছি, সেইসঙ্গে সহযোগী যন্ত্রশিল্পী বন্ধুরাও আছেন। শ্রীকান্তদা 'ও যে মানে না মানা' শুরু করল। আমি চেয়ারে বসতে গিয়েও দাঁড়িয়ে থাকলাম, কারণ এবার এই গানের অবস্থান ও যন্ত্রানুষঙ্গ বলছে, গানটি ভৈরবীতে বাঁধা। অর্থাৎ কিনা, ভৈরবী'র মন্দ্রসপ্তকের কোমল ধৈবত থেকে শুরু হচ্ছে, 'মানা'-এ গিয়ে মধ্যসপ্তকের 'সা'-এ দাঁড়াচ্ছে।

কী দাঁড়াল তাহলে ব্যাপারটা?

আমি স্তম্ভিত হয়ে শুনলাম, আর চোখের সামনে তিন মিনিটে গানের শরীর জুড়ে ফুটে উঠল পরিচিত ভৈরবী। কিন্তু এক নিমেষে গানটি আমার কাছে অপরিচিত হয়ে উঠল। সংশয় প্রকাশ করতেই শ্রীকান্তদা হেসে বলল, 'উনি তো যত বলি নাই রাতি মলিন হয়েছে বাতি বলছেন। তার মানে ভোর হয়ে আসছে। এ গান কী করে বেহাগে হয়? তাছাড়া স্বরলিপিতেও তো লিখে গেছেন, ভৈরবী।'

সত্যিই তো! আমি এ বিষয়ে নিরক্ষর, স্বরলিপি দেখিনি। কিন্তু গানটি শুনে এমন আগে কেন মনে হয়নি কখনও? এমনকী 'নাই রাতি' কথাটাকেও বেহাগের 'সা' ছুঁতে দেখলাম কী করে আমি? তারপর মনে হল, বহু আসরে অনেক শিল্পীকে স্পষ্টভাবেই বেহাগের ষড়জ নিয়ে গানটি গাইতে শুনেছি আমি। 'ঠিকই', বলল শ্রীকান্তদা, 'এমনটা অনেকেই করেছেন,

কিন্তু গানটা ভৈরবীতেই আছে।'

আমি দাঁড়িয়েই থাকলাম। নিজের অজ্ঞানতা নিয়ে লজ্জাবোধ হবার বদলে গানটির প্রকাশভঙ্গি নিয়ে বিস্ময়বোধ তৈরি হল বেশি। গানটি তার মানে ভৈরবীর মন্দ্রসপ্তকের কোমল ধৈবত থেকে মধ্যসপ্তকের কোমল ধৈবত পর্যন্ত বিস্তৃত! কেবল একটি ষড়জের অবস্থান বিষয়ক তর্জমা ভুল হল বলে টানা তিরিশ বছর ভৈরবী আমার কাছে বেহাগ হয়ে থাকল! আমি ওই গানের মধ্যে ভোর হয়ে আসাটুকু দেখতেই পেলাম না এতদিন, এমন অন্ধ!

দাঁড়িয়েই আছি এখনও। দেখতে পাচ্ছি, তিন দশক ধরে ভুল বুঝে থেকে যাওয়া বেহাগ আমাকে ছেড়ে চলে যাচ্ছে আজ। আর আমি, নির্বোধ, কোন অধিকারেই বা আটকাব তাকে? এ তো কেবল একটি গানের পাল্টে যাওয়া নয়, ওই গানের মধ্য দিয়ে আমি আজ অব্দি যা যা কিছু যেভাবে দেখেছি, তার সবটুকু কানায় কানায় পাল্টে যাওয়া। এই ভৈরবীকে মেনে নিতে আর ক'দিন লাগবে, যেমন সময় নেবে বেহাগকে ভুলতে। মাঝখানে দাঁড়িয়ে থাকবে আজকের সকাল আর রবীন্দ্রনাথের এই গানখানি, যারা দুজন মিলে আমার অনেক কিছু বদলে দিয়ে গেল আজ...

কলকাতা
১০ সেপ্টেম্বর, ২০১৫

নতুন চশমা ও চালশের গল্প

জয়ই আলাপ করিয়ে দিয়েছিল এ বছরের গোড়ার দিকে। একটাই মোটে চশমা আমার, সুতরাং, ভেঙে গেলে মুশকিলে পড়ি। মাসখানেকেরও বেশি সময় মার্কিন মুলুকে কাটবে, একটা স্টেপনি চশমা অন্তত সঙ্গে থাকা দরকার। সেইসঙ্গে রোদচশমাও একখানা করানো জরুরি, কারণ ওদিককার গ্রীষ্মের রোদ খালিচোখে সহ্য করা কঠিন। সেই আলাপ হল নদীম ভাইয়ের সঙ্গে। নদীম এহসান। ঝকঝকে, সপ্রতিভ, সুভদ্র একজন যুবক। তাঁর চেহারায় যেমন শান্তি, মুখের হিন্দি বুলিতেও তেমনই মিঠাস। দেখা হল এক ঝমঝমে বৃষ্টির রাত্তিরবেলা, আমারই বসার ঘরে। তিন দিন পর ফ্লাইট, তার মধ্যে দুখানা চশমা তৈরি করে দেবার অদ্ভুত আর্জি আমি পেশ করলাম নদীম-এর কাছে। তা ও আবার প্রগ্রেসিভ লেন্স, সেই সাঁইত্রিশ থেকে চালশে কিনা।

মির্জা গালিব স্ট্রিটে নদীম-এর চশমার দোকান। রাত সাড়ে আটটা নাগাদ সেইটে বন্ধ করে বাইকের দু'পাশে ফ্রেমের বাক্স ঝুলিয়ে রেনকোট গায়ে চলে এসেছেন সেলিমপুর। কারণ আর কিছুই নয়, আমি জয়ের বন্ধু। আর জয় ওঁর দীর্ঘদিনের পরিচিত। নইলে বৃষ্টি মাথায় বাইকের তেল পুড়িয়ে কেবল একজন নতুন খদ্দেরের জন্যে কেউ আসেন কি আজকাল? বিশেষত যার ব্যবসা যথেষ্ট রমরমে? মনে হয় না।

তিনদিনের আগেই দুখানা চশমা হাতে পেয়ে গেলাম। নামী ব্র্যান্ডের প্রতি আমার ঝোঁক কোনও কালেই নেই, কেবল দেখতে চলনসই হলেই হল। দিব্যি দেখতে দুখানা নতুন চশমা

যথেষ্ট কম দামেই ফের বাড়ি বয়ে পৌঁছে দিয়ে গেলেন নদীম। চা আর আড্ডাও হল খানিক। চশমার আড়াল থেকেই, হাসিখুশি মানুষটিকে কখন যেন ভালো লেগে গেল।

নিউ ইয়র্ক থেকে যখন ডেট্রয়েট যাচ্ছি, খেয়াল করলাম, রোদচশমাটি নেই। এই কয়েক দিনেই তাঁর সঙ্গে ভালো বন্ধুত্ব হয়েছিল, খোয়া গিয়ে ভারী মনখারাপও হল তাই। নতুন যে কিনে নেব আরেকখানা, তারও উপায় নেই। পাওয়ার ছাড়া চশমা আমার চোখে অর্থহীন। সে-যাত্রা হাতের পাতার আড়ালই কাজে লাগাতে হল।

ফিরে এসে মাসখানেকের মধ্যেই ইউরোপ যাত্রা, নতুন একখানা রোদচশমা না বানালেই নয়। কিন্তু আমার যা স্বভাব, করছি-করব বলতে বলতে সময় গিয়ে ঠেকল সেই শেষ আড়াই দিনে। নদীম কিন্তু বিরক্ত হলেন না মোটেই। ফের বাড়িতে এসে ফ্রেম দেখিয়ে দুদিনের মাথায় একখানা প্রগ্রেসিভ সানগ্লাস বানিয়ে দিয়ে গেলেন। সঙ্গে ইউরোপ সফরের জন্যে হাসিমুখের শুভেচ্ছাও।

দুদিন আগে হোয়াটসঅ্যাপ-এ নদীম জানিয়েছিলেন, তাঁর ভাই খুবই অসুস্থ, যেন আরোগ্য চেয়ে দুয়া করি। আমি ঈশ্বর মানি না, কিন্তু ভালো-চাওয়ার একটা নিজস্ব জোর আছে, এটা মানি। সেই বিশ্বাস থেকেই দ্রুত আরোগ্যের আকাঙ্ক্ষাটুকু পাঠিয়েছিলাম নদীমকে।

কিন্তু এসব কথা হঠাৎ বলছি কেন আজ? কারণ আজ সকালে ঘুম ভাঙার পর সবচাইতে আগে যাঁর মেসেজ পেয়েছি, তিনি নদীমই। বিজয়ার শুভেচ্ছা জানিয়ে। এরকম মেসেজ আমাদের সকলের ফোনেই অগুনতি আসে, সবের যে উত্তর দেওয়া হয়ে ওঠে, এমনটা নয়। কিন্তু নদীম-এর 'শুভ বিজয়া'-র একটা উত্তর আপনা থেকেই লিখে পাঠাল আমার হাত।

এমন ঘটনা বিরল নয় মোটেই। কিন্তু সাধারণ এই ঘটনাকেই লিখে ভাগ করে নিতে ইচ্ছে হল। কারণ, এর উল্টো ছবিগুলো ইদানীং অনেক বেশি মাত্রায় প্রচার পায়, প্রভাবও ফ্যালে। একজন মানুষ, যার ধর্ম, ভাষা, সবই আমার থেকে আলাদা, তিনি কিন্তু আমার উৎসবকে আলাদা করে দেখেননি। আমার মতো হাজার খদ্দের নদীম-এর আছে, বিজয়ার শুভেচ্ছা না-পাঠালেও সকলে তাঁরই দোকানে ফিরে আসবেন। তবুও, ভাইয়ের অসুস্থতার মধ্যেও, প্রতিবেশীর উৎসবে শুভেচ্ছা রাখতে ভুল হয়নি নদীমের।

আমাদেরও যেন ভুল না-হয়ে যায় বারবার। আমরা যেন ধর্মের সঙ্গে, ভাষার সঙ্গে কোনওরকমের বৈরিতাকে এক আসনে বসিয়ে না-দেখি। এক-ই জলহাওয়া ভাগ-করে-নেওয়া পড়শিকে 'অপর' বলে দূরে ঠেলে না-দিই। সবাইকে সামিল না-করতে পারলে সে আর কীসের উৎসব?

এত কিছুর পরেও, যাদের ব্যবসা ঘৃণা নিয়ে, যাদের কারবার শত্রুতা নিয়ে, তাঁরা সেটাই ছড়াবেন। আমরা সেই ধুলোর হাটে একমুঠো আবিরও যদি ছড়াতে পারি, মন্দ কী? নদীম এহসানের মুঠোয় সেই আবিরের রং লেগে। আমাদের অনেকের মুঠোতেই নিশ্চয়ই। আর যারা দূরে দাঁড়িয়ে চিনে নেবার চেষ্টা করছেন, তাঁদের বলি, আবির মেখে নেবার পর আমার মুখটাই হয়ে ওঠে আপনার।

নদীম-এর ভাই সুস্থ হয়ে উঠুন দ্রুত, তাঁর বাড়ির দাওয়াও সেজে উঠুক আলোয়, এটাই চাওয়া। আর এই যে লেখাটা লিখছি, এও তো নদীম-এর হাতে তৈরি চশমা পরেই। যে-চশমার লেন্সের নাম 'প্রগ্রেসিভ'। চালশে হলে খুব কাজে দেয়। আমাদের প্রত্যেকের চোখেই একটা করে অদৃশ্য প্রগ্রেসিভ লেন্স আছে। কেবল সাহস করে, ভালোবেসে, তাকাতে হবে একবার।

কলকাতা
২২ অক্টোবর, ২০১৫

জয়দেবদা'র কবিতা

'পুরাণে বলে, লোককথায় বলে
আসবে তুমি, কখনো-কোনদিন,
মুছিয়ে দেবে গেরস্থালি চোখ,
অনামিকায় ফোটাবে আশ্বিন।'

আজ এক ঘরোয়া অনুষ্ঠানে নিজের দু-একখানা কবিতা পড়বার পাশাপাশি, জয়দেবদার কিছু কবিতা পাঠ করবার চেষ্টা করলাম। চেষ্টাই বলব, কারণ আজও জয়দেবদার গলাটা কানে বাজে, পড়ার ভঙ্গিটা বারবার মনে পড়ে যায়। তেমন তো পারি না, নিজের মতো করেই পড়লাম। আর পড়তে গিয়ে দুটো ব্যাপার বুঝলাম। এক, আমার কবিতায় কত কত খামতি আর না-পারা লুকিয়ে আছে। সত্যিকারের কবিতার পাশে রাখলে তা আরও স্পষ্ট করে চোখে পড়ে, কানে লাগে। আর দুই, জয়দেবদার কবিতায় কী অসম্ভব শক্তি আর আশ্চর্য ভালোবাসা বুনে দেওয়া আছে!

পড়তে পড়তে শিউরে উঠছিলাম আর ভাবছিলাম, আজ জয়দেবদা থাকলে আরও কত সাহস-জোগানো কবিতা আমরা পেতে পারতাম। যে নেই, তার কবিতা থাকে। আর আমাদের মধ্যে দিয়ে তাঁর কবিতার পাঠও যেন চলতে থাকে। আজ এই সময়ে আমাদের প্রয়োজন জয়দেব বসুকে আবার নতুন করে পড়া। তাঁর কবিতাকে আমাদের জোর আর আশ্রয় করে তোলা।

কলকাতা
২৭ নভেম্বর, ২০১৫

হয়তো ভৈরবী-ই...

সকাল সকাল এসেছেন উস্তাদ বিসমিল্লাহ্ খান সাহেব। গায়ে সেই ধবধবে সাদা কুর্তা, ঢোলা পাজামা, আর মাথায় বেঁকে বসা সেই টুপি। সাদা দাড়ি আর গোঁফের ফাঁকে ঝরঝরে হাসি। বসেছেন আমাদের বসার ঘরের ডানহাতের সোফাটায়। নামিয়ে রেখেছেন তাঁর কাঁধের ঝুলি, যার ভেতর থেকে উঁকি মারছে সানাইয়ের পাতলা ডাঁটি কয়েকখানা। পাঁচতলা উঠে আসতে হয়েছে, হাঁপাচ্ছেন একটু। আর জানলা দিয়ে শীতের সকালবেলার আলো এসে পড়ছে তাঁর মুখের ভাঁজগুলোয়।

আমি সেই যে অবিশ্বাসে তাঁর দু'পা জড়িয়ে ধরে বসে পড়েছি, আর উঠছি না কিছুতেই। ছাড়ছি না তাঁর ধুলোময় পা। কিছু বলছি না মুখে, কিন্তু তিনি, আমাদের সন্ত, মনের কথা ঠিকই পড়তে পারছেন। বলছেন, 'বনারস সে প্যয়দল চলকে আয়ে হ্যাঁয়, জরা বৈঠ লেনে দো'।

তারপরেও পা আঁকড়ে আছি দেখে নরম গলায় বলছেন, 'শেহনাই ভি সুনায়েঙ্গে। জরুর সুনায়েঙ্গে। পেহলে থোড়া পানি পিলা দোগে বেটা?'

জল আনতে গিয়ে ছাড়তে হল পা'দুখানা, আর আমার স্বপ্নও ভেঙে গেল। আরেকটুক্ষণ ঘুমোলে কী শোনাতেন কে জানে... হয়তো ভৈরবী-ই...

কলকাতা
৩০ নভেম্বর, ২০১৫

বিস্তারের রাজকীয়তা

আজ ভোরবেলা ঘুম ভেঙেছিল জানলা দিয়ে ঢুকে আসা বৃষ্টির ছাট আর হাওয়ায়। তখনও জানি না, সকালটা, এমনকী এই তারিখটাই মনে রাখার মতো হয়ে উঠবে। জানলাম, যখন দেখলাম, আজ প্রকাশিত 'দেশ' পত্রিকায় তাঁর ধারাবাহিক 'পিওন থেকে প্রকাশক' রচনায় আমাকে নিয়েও লিখেছেন বাদল বসু। লিখেছেন মানে, লিখে রেখে গেছেন। আজ যখন তা ছাপার অক্ষরে আমার বিস্ময়ের দরজায় কড়া নাড়ছে বারবার, তখন খোদ বাদলদাকে ফোন করে ভালোলাগাটা পৌঁছে দেবার কোনও উপায় নেই।

বাদলদা আমাকে চিনতেন, তাঁর তত্ত্বাবধানে আমার মতো অর্বাচীনের বইও প্রকাশ পেয়েছে, এ ছিল আমার কাছে প্রাপ্তিরও অনেকখানি বেশি। কারণ বাংলায় তথা ভারতে তাঁর মতো বিস্তৃত প্রকাশনার অভিজ্ঞতা আর কারও আছে বলে জানা নেই। সত্যজিৎ রায় থেকে সলমান রুশদি, সুকুমার সেন থেকে সুনীল গঙ্গোপাধ্যায়, নীরদচন্দ্র চৌধুরি থেকে অমর্ত্য সেন। এমনই ছিল তাঁর পরিচিতির পরিধি, কাজের জগতের বিস্তার। এহেন মানুষটিকে গোড়ার দিকে আমরা দূর থেকেই সমীহ করতাম, পরে তিনি নিজেই আমাদের আত্মীয় করে নিয়েছিলেন।

এ সমস্তই বাস্তব। কিন্তু তাঁর জীবন আলেখ্য, যা কিনা বাংলা সাহিত্যের অন্দরমহলের এক ব্যতিক্রমী দলিল, সেখানে আমার নাম ও কথার উল্লেখ করবেন তিনি, এ সত্যিই আমার কল্পনার অতীত। কতটুকুই বা লেখালেখির চেষ্টা করতে পেরেছি যে ওঁর মূল্যবান স্মৃতিকথায়

হাজিরা থাকবে আমার?

কিন্তু থাকল শেষমেশ। সেইসঙ্গে আরও একবার মানুষটির ঔদার্য আমাকে নাড়িয়ে দিয়ে গেল। আমার কোনও লেখাই টিকে থাকবে না। কিন্তু বাদলদার আত্মজীবনী বাংলা অক্ষরমালার গর্ব হয়ে থাকবে চিরকাল। সেই বিস্তারের রাজকীয়তায় আমিও থেকে গেলাম কোথাও, এই আমার শ্রেষ্ঠ পুরস্কার।

কলকাতা
২ ডিসেম্বর, ২০১৫

কুয়াশাঢাকা পাহাড়

Ja kar jahan se koi wapas nahin hai aata
Woh kaun, si jagah hai, allah jaanta hai

--Akhtar Sherani

'আর যাবে না। বাকিটুকু হেঁটে যেতে হবে'। এক খাড়া পাহাড়ের ধারে আমাকে নামিয়ে ফিরে যেতে যেতে বলে গেলেন রিক্সাচালক।

কোথায় যাচ্ছি, জানি না। কেবল দেখতে পাচ্ছি, পাহাড়ের গা নেমে গেছে তলহীন এক খাদে, আর সেই খাদ ভরে আছে ভারী কুয়াশায়। সন্ধে হয়ে আসছে তখন, কোন ঋতু, ঠিক ঠাহর হচ্ছে না। পাহাড়ের গা বেয়ে ঘুরে ঘুরে নেমে গেছে বহু পুরোনো কাঠের সিঁড়ি। তাতে শ্যাওলা জমে আছে।

তার মানে নামতে হবে। ওটাই রাস্তা।

আমার ডানদিকে পাহাড়, নীচে কুয়াশাভরা খাদ আর বাঁদিকে অনেক অনেক দূরে এপাশ থেকে ওপাশ পর্যন্ত টানটান এক বিশালদেহী ঝুলন্ত সেতু, যার দু'দিকের শেষ দেখা যাচ্ছে না। অনেকটা গোল্ডেন গেট-এর মতো। ওই সেতু পেরিয়েই কি চলে এলাম এখানে?

মনে নেই এখন আর। সেতুর পিছনের আকাশে অদ্ভুত রঙের সন্ধে নামছে। নীলের সঙ্গে

মিশে গেছে কমলা, গোলাপি আর লাল। যেন চিরস্থবির আর অনন্ত, যেন সর্বজ্ঞ আর উদাসীন।

আর হ্যাঁ, কল্পনাতীতভাবে নিস্তব্ধ।

ঘোরানো সিঁড়ি বেয়ে নামতে নামতে তাকিয়ে থাকলাম কিছুক্ষণ, ওই ঝুলন্ত সেতুর দিকে। বিশালাকৃতি কোনও কিছুকে দেখলে যেমন ভয়মিশ্রিত সম্ভ্রম জেগে ওঠে, তেমনই এক বোধ নিয়ে। তারপরই পাল্টে গেল দৃশ্য। পাহাড়ের চারপাশে রাত, আর আকাশে আশ্চর্য আলো ছড়িয়ে উঠেছে চাঁদ। অনেক চাঁদের আলো তার একার শরীর থেকে বেরিয়ে আকাশের প্রতিটা স্তর ছুঁয়ে আছে যেন। কুয়াশা তখনও উঠে আসছে খাদের অতল থেকে।

শেষমেশ সিঁড়ির শেষে পুরোনো একটা দরজা আপনা থেকেই খুলে গেল। পায়ের নীচে নরম মাটি টের পাচ্ছি, কিন্তু কুয়াশায় সে-মাটিও দেখা যাচ্ছে না। মুখোশ পরে কিছু মানুষ ঘুরছেন। তাঁদেরই একজনকে সামনে পেয়ে ফেরার রাস্তাটা জিগ্যেস করতে তিনি কিছুক্ষণ চুপ করে থেকে বললেন, ‘এখান থেকে কেউ কোনও দিন ফিরে যায়নি’।

স্বপ্নটা শেষ এখানেই। ঘুম ভেঙে চুপ করে বসেছিলাম কিছুক্ষণ। আমি তো কোনওভাবেই

মৃত্যু-পরবর্তীজীবনে বিশ্বাসী নই। তাহলে এমন দৃশ্যকল্প আমার ঘুমের মধ্যে তৈরি হল কেমন করে?

অনেক উত্তরের মতো এটাও বোধ হয় অজানাই থেকে যাবে। মনে পড়ল জয় গোস্বামীর লেখা সেই লাইন, 'পরলোক বলে যদি সত্যি কিছু থাকে / একদিন সন্ধেবেলা পায়ে হেঁটে পৌঁছব সেখানে।'

চল্লিশে পা দিলাম ক'দিন আগে। কুয়াশাঢাকা পাহাড়টা কি তাহলে খুব দূরে নেই আর?

কলকাতা
২৭ ডিসেম্বর, ২০১৫

গজল ছাড়া কি আড্ডা হয়?

'যব সে উসনে শহর কো ছোড়া, হর রস্তা সুনসান হুয়া
অপনা ক্যায়া হ্যায়, সারে শহর কা ইক জ্যায়সা নুকসান হুয়া'

মে মাসের গনগনে দুপুর। আমি, সোমনাথ আর সৌরভ চলে গেছি নীলেশদের কোয়ার্টারে, কলেজ কেটে। সঙ্গে অবশ্যই গায়ে জল ফুটে ওঠা বিয়ারের কয়েকখানা বোতল আর আড্ডার মেজাজ। বাইরের ঘরে পর্দা টেনে আধো অন্ধকার করে দিয়ে শুরু হল আমাদের দ্বিপ্রাহরিক মজলিশ। নীলেশ বলল, 'গজল ছাড়া কি আড্ডা হয়?' বলে একটা কালো রঙের ক্যাসেট চালিয়ে দিল। শুরু হল ওপরে লেখা গজলখানা। লাইভ পারফরম্যান্সের রেকর্ডিং, গাইছেন গুলাম আলি। তখন আমার ফার্স্ট ইয়ার, কিন্তু 'নিকাহ' ছবির গানগুলোর বাইরে গুলাম আলিকে তেমন শুনিনি। বিষয়টা নিশ্চিতভাবেই লজ্জার, কিন্তু ততদিনে রণে বনে জলে জঙ্গলে আমাকে বহুবার রক্ষা করে ফেলেছেন জগজিৎ সিং, তাই তাঁর বাইরে কারও গজল বিশেষ শোনা হত না।

সেই প্রথম শুনেছিলাম আশ্চর্য এই শিল্পীকে। শোনা শুরু করেছিলাম বলা ভালো, যা আজও শেষ হয়নি। একজন মানুষ ওইরকম দরের গাইয়ে হবার পাশাপাশি কত বড় মাপের কম্পোজার, তা ভেবে সেদিনও অবাক হয়েছি, আজও হই। সুরের যে সমস্ত রাস্তা ওঁর গজলে পেয়েছি আমরা, তেমনটা কল্পনার অতীতই ছিল। হাজারবার শোনা গানও তাই প্রত্যেকবার

নতুন করে চমকে দেয়। মনে হয়, আরে, এইখান থেকে এইভাবে বেরিয়ে আসা যায়!

মজে গেছি, মজেই থেকেছি। আমার বন্ধু শুভাশিস আর আমি কত কত রাত গুলাম আলিজি-র তিনটে মোটে ক্যাসেট সম্বল করে বারবার অবাক আর মুগ্ধ হবার খেলায় মেতে থেকেছি। আবার এখন যখনই আমি, জয় আর শ্রীকান্তদা আড্ডায় বসি, ওঁর গান কয়েকখানা না-গেয়ে উঠি না। কলকাতাতেই ওঁকে সামনে থেকে শোনার সৌভাগ্য হয়েছে বেশ কয়েকবার। শুনেছি আর বিস্মিত হয়েছি এ কথা ভেবে যে, একজন মানুষের কল্পনা আর আত্মবিশ্বাস কতখানি হলে মঞ্চে বসে এমন সব হরকত নিতে পারেন। আর কোনওবার ব্যর্থ হন না। তিনি নিজেই নিজের দিগন্ত পেরিয়ে গেছেন বারবার, আর আমাদের কাছে থেকে গেছেন ভালোলাগার এক অনাবিল ঘরানা হয়ে।

কিন্তু এত ভালোবাসা, মুগ্ধতা আর বিস্ময় পেরিয়ে কখনও এটা মনে হয়নি যে গুলাম আলিজি পাকিস্তানের নাগরিক। সত্যি বলতে কী, বহুদিন পর্যন্ত জানতাম উস্তাদ বড়ে গুলাম আলি খান সাহেব, মেহদি হাসান সাহেব, ছোটে গুলাম আলি, এঁরা সব ভারতের-ই বাসিন্দা। কারণ আমরা শ্রোতারা সুর দিয়ে মানচিত্র বুঝতাম বরাবর। আজও তাই বুঝি। সেই কারণেই,

যে শিল্পীর গান আমাদের উৎসবের সঙ্গী, যার গজল আমাদের বিষণ্ণতার উপশম, যিনি প্রতিমুহূর্তে মন আর ঠোঁটের মাঝামাঝি গুনগুন করে বেঁচে আছেন, তিনি আমার ছাড়া অন্য কোনও দেশের নাগরিক হতেই পারেন না। বা খাতায় কলমে হলেও, তা নিয়ে মাথাব্যথার কোনও মানে নেই।

দুঃখের বিষয়, আজ হঠাৎ তাঁকে মনে করিয়ে দেওয়া হচ্ছে, তিনি বিপক্ষ দেশের নাগরিক। এ দেশের মাটিতে পা ফেলার অধিকার নেই তাঁর গজলদের। এখন, আমার মতো বহু শ্রোতার সেক্ষেত্রে প্রশ্ন করা উচিত, গুলাম আলি যদি সমানভাবে এ-দেশেরও নাগরিক না হয়ে থাকেন, আমরা তবে কোন দেশের মানুষ?

বড় লজ্জার, আজ এসব ভাবতে হচ্ছে, বলতে হচ্ছে। এসব কিছুর মধ্যে আনন্দের ঘটনা এই যে, আজ তিনি আমার শহরে গাইতে আসছেন, আগের মতোই। গানবাজনার ইতিহাসে এমন সন্ধে কলকাতা অনেক দেখেছে। কিন্তু কট্টরপন্থী অশিক্ষিত মোড়লদের বার্তা দেবার জন্যে এমন একটি সন্ধে আলাদা করে প্রয়োজন ছিল।

রাজ্যের মাননীয়া মুখ্যমন্ত্রী শ্রীমতী মমতা বন্দ্যোপাধ্যায়কে আন্তরিক ধন্যবাদ জানাই, এমন একটি সাধু ও উচিত পদক্ষেপ নেবার জন্যে। গানবাজনার কোনও দেশ হয় না, শ্রোতার হৃদয় ছাড়া। কলকাতা আরও একবার তা প্রমাণ করল।

কলকাতা
১২ জানুয়ারি, ২০১৬

সাদা পৃষ্ঠা, তোমার সঙ্গে

‘সাদা পৃষ্ঠা, তোমার সঙ্গে’ কাব্যগ্রন্থটি যখন প্রকাশ পায়, তখন আমি স্কুলপড়ুয়া। হাতখরচের টাকা জমিয়ে কবিতার বই কিনে আনি। সুনীল গঙ্গোপাধ্যায় তখন আমার কাছে সদ্য কাকাবাবুর লেখক থেকে নীরার প্রেমিকে উন্নীত হয়েছেন, এই আর কী। এমন সময়ে যখন বেরোল এই বই, তা কিনে ফেলা ছিল আমার অবশ্য কর্তব্য।

কিনে এনে রাতের পর রাত বালিশের পাশে রেখে তাকে পড়া এবং পড়েই চলা, এতে কোনও ক্লান্তি আমার ছিল না। আজও নেই। কিন্তু সেই বয়েসে, এই বইয়ের শিরোনাম-কাব্যটি বারবার পড়েও ঠিক ঠাহর করে উঠতে পারছিলাম না যে, এ কথা স্পষ্ট মনে আছে। কেননা সেখানে সুনীল গঙ্গোপাধ্যায় কথা বলে চলেছেন সাদা এক পৃষ্ঠার সঙ্গে। তার সঙ্গে নানারকম কথার ফাঁকে এমনকী এনে ফেলছেন যৌন সম্পর্কের কথাও।

সাদা পৃষ্ঠার সঙ্গে যৌন সম্পর্ক? সে কীরকম ব্যাপার? ভেবেছি অনেকদিন।

এই বই পড়ার বহু বছর পর যখন আলাপ হল রক্তমাংসের সুনীল গঙ্গোপাধ্যায়ের সঙ্গে, ততদিনে সেই কবিতাখানা একটু একটু হয়তো বুঝতে পারছি। একজন কবি তো সাদা পৃষ্ঠাকেই সবচাইতে বেশি কাছের, ভালোবাসার মনে করবেন, কেননা সেই পৃষ্ঠাই ধারণ করবে কবির লেখাকে। সে-ই তো ধাত্রী তাঁর কবিতার। অতএব ওসব কথা কবি বলতেই পারেন।

যদিও ততদিনে জেনে গেছি যে, রোজ সকালবেলা নিয়ম করে লেখার টেবিলে বসেন সুনীলদা। কিছু না কিছু তাঁকে রোজই লিখে যেতে হয়। উপন্যাস, প্রবন্ধ, কবিতা, ছোট গল্প,

ভ্রমণকাহিনি। লিখতে হয় নানারকমের লেখা। কারণ তিনি তো বহুবিস্তৃত একজন মানুষ, ব্যপ্ত প্রতিভার এক দিগন্ত। তাঁকে তো রোজই কিছু না কিছু প্রকাশে আনতে হবে। এইরকমটাই হয়তো ঠিক।

বহু বহু ব্যাখ্যাতীত প্রতিভা এভাবেই কাজ করে গেছেন। ভিনসেন্ট যেমন জীবনের শেষ দেড় মাসে ৭৫টিরও বেশি ক্যানভাস পূর্ণ করেছেন। সুতরাং, বোঝাই যাচ্ছে, দিনে একটির বেশি ক্যানভাস শেষ করেছেন একাধিকবার। প্রবল তাড়া চলছিল তাঁর মধ্যে, নিজেকে শেষ করে ফেলবার আগেভাগে কাজ শেষ করে যাবার তাড়া।

আবার রবীন্দ্রনাথের দীর্ঘ জীবনে তাড়ার কোনও চিহ্ন নেই। কিন্তু অলৌকিক এক তাড়না না-থাকলে একজন মানুষ একজীবনেই বা ওই পরিমাণ কাজ করে ফেলেন কোন উপায়ে? অতএব, তাড়াই হোক, বা তাড়না-ই হোক, প্রতিদিন, নিয়ম করে কাজের কাছে ফিরে যাওয়াটা তাহলে বিরল কোনও ঘটনা নয়।

হ্যাঁ, অনেক কালজয়ী শিল্পীই কেবলমাত্র মাঝেমধ্যে কাজ করেছেন, অন্তত দৃশ্যমান কাজ বলতে যা বোঝায়। কিন্তু অনেক অনেক কাজ করে যেতে হয়েছে যাঁদের, ব্যক্তিগত তাগিদে, খানিক বা অন্যান্য কারণে, রোজ তাঁদের বসতেই হয়েছে কাজের সামনে। সুনীলদাও তাঁদেরই দলের একজন।

এককালে সুনীল গঙ্গোপাধ্যায়ের ভারী উজ্জ্বল এক দুর্নাম ছিল, উচ্ছৃঙ্খল ব'লে। যাঁরা রটাতেন এই দুর্নাম, তাঁরা কেউ সুনীলের প্রত্যহ সকালবেলাসমূহ দেখেননি। শত সামাজিক পরম্পরা বজায় রেখেও প্রতিদিন সকালে নিয়ম করে কয়েক ঘণ্টা লেখার টেবিলে গিয়ে বসতেন তিনি। এ-কথা জেনে যেমন অবাক লাগত এই ভেবে যে, কীভাবে এত কিছুর মধ্যেও স্থিতধী হয়ে মানুষ প্রতিদিন কাজে বসতে পারেন, তেমনই এ-প্রশ্নও কখনও সখনও জাগত মনে, রোজ নিয়ম করে বসতে পারলেই কি লেখা হয়? হতে পারে? সে কি তবে এমনই সুলভ? এমনকী বড় বড় প্রতিভাদের কাছেও কি তাঁদের শিল্প এত সহজে, নিয়মের নিগড়ে ধরা দেয়?

হিমশৈলের মতো জেগে থাকা, অস্বস্তিতে ফেলা এই প্রশ্ন, একদিন আমি সটান করে বসি সুনীলদাকেই, 'আচ্ছা, এই যে রোজই আপনি লিখতে বসেন সকালে, এতে কি সত্যিই লেখা আসে রোজ? নিয়ম করে কি লেখা হয়?'

আমি তখন সামনে বসে থাকা সুনীল গঙ্গোপাধ্যায়ের মধ্যেই দেখছি পৃথিবীর তাবড়

প্রতিভাদের, যারা রোজ নিয়ম করে কাজে বসেছেন এবং সেভাবেই কালজয়ী কাজ রেখে গেছেন আমাদের জন্যে। আমার কাছে সুনীলদা-ই আপাতত তাঁদের সকলের প্রতিনিধি।

সুনীলদা স্বভাবসুলভ হাসিটি হেসে বলেছিলেন, 'রোজ কি আর তেমন তেমন লেখা হয়? কিন্তু বসতে তো হবেই। সাদা পাতার সামনে গিয়ে রোজ তো একবার বসতে হবেই। লেখা হোক, আর না হোক। তাই না?'

আমার দিকেই ফিরে এল তাঁর প্রশ্ন। বসতে তো হবেই, তাই না?

আর এই উত্তরের সঙ্গে সঙ্গেই আমি দেখতে পেলাম সেইসমস্ত শিল্পীদের আবারও, যাঁরা প্রতিদিন, নিয়ম করে, এসে বসেছেন কাজের সামনে। যেভাবে মানুষ ধ্যানে বসে, কাঠ কাটতে যায়, স্নান করে বা রান্না চাপায়, ঠিক সেইভাবে। হয়তো-বা তার চাইতেও অনেক গূঢ়তর প্রক্রিয়ায়। হতে পারে তা সাদা পৃষ্ঠা, হতে পারে শূন্য ক্যানভাস, হতে পারে নির্জন মঞ্চ বা হতে পারে নিঃশব্দ পিয়ানো। কিন্তু নতুন একটা লেখা, একটা ছবি, একটা সংলাপ বা একটা সিম্ফনির জন্যে মানুষকে রোজ বসতে হয়েছে আরাধ্য শিল্পের সামনে, নতজানু হয়ে। এই নতজানু হওয়ার নিয়মটুকুই শিল্পের চর্চা।

নতজানু হবার মানে অবশ্য এই নয় যে, রোজই প্রসাদ পাব আমি। হয়তো কালেভদ্রে পাব। বা হয়তো পাবই না একজীবনে। কিন্তু তাই বলে আমার রোজকার সেই ধ্যান, সেই চর্চা, সেই আয়োজন তো ব্যর্থ হয়ে যাচ্ছে না। কেননা কেবলমাত্র সেই আয়োজনের মধ্যেই

আছে বেঁচে থাকবার এক ধরনের সার্থকতা, যা আমাকে জীবনের আর পাঁচরকম ক্ষুদ্রতার আওতার বাইরে নিয়ে আসতে পারে। কেননা প্রতিদিনের এই প্রয়াস আদতে আমার সঙ্গে আমারই যোগাযোগ করিয়ে দিতে থাকে বারবার, সে প্রয়াসের ওপারে ফসল থাকুক বা না-থাকুক। এই শর্তহীন, স্বার্থহীন আয়োজনের কথাই সেদিন আমাকে বলতে চেয়েছিলেন সুনীলদা, বুঝি তা।

বেঁচে থাকবার পরিসরে বহু শিল্পীর-ই মূল্যায়ন হয় না। ভিনসেন্ট থেকে জীবনানন্দ তার উদাহরণ। তাঁদের ফসল জীবদ্দশার অনেক পরে অপেক্ষা করে থাকে। আর সেই ফসলের পিছনে দাঁড়িয়ে থাকে প্রতিদিন কাজের কাছে ফিরে যাবার চর্চা বা আয়োজন।

কিন্তু এঁরা তো দিগন্তহীন শিল্পী, পৃথিবীতে যাঁরা কমই আসেন। যাঁরা তেমন নন?

এই প্রশ্নের উত্তরে আমার কেবলই মনে পড়ে যায় ইভানের মুখ। ইভান লেন্ডল। আমার প্রজন্মে যাঁরা কৈশোরে লন টেনিস দেখেছেন, তাঁরা জানেন, ইভান আসলে এক অদম্য জেদের নাম। ক্রীড়াকে আমি শিল্পের বাইরে মনে করি না কখনওই। এক্ষেত্রে ইভান ছিলেন সেই ব্যর্থ শিল্পী, তথাকথিত সাফল্য যার কাছে ধরা দেয়নি কোনও দিন। খেলোয়াড়দের যাবতীয় ফসল খেলাকালীন-ই তুলে নিতে হয়, মহাকালের ওপর কিছু ছেড়ে রাখলে চলে না। ইভান সেই ফসল একবারও তুলতে পারেননি। একটি গ্র্যান্ড স্লামের খেতাবও তাঁর বসার ঘরে নেই আজ। তাহলে কেন আমরা মনে রেখেছি তাঁর নাম?

কারণ বারবার খালি হাতে ফিরে আসার পরেও, তিনি র‍্যাকেট হাতে নেটের সামনে গিয়ে দাঁড়িয়েছেন। তৈরি হয়েছেন পরের বারের জন্য। পরের বার পারেননি। আবার দাঁড়িয়েছেন র‍্যাকেট হাতে। তার পরের বারের জন্য। তার পরের বারও পারেননি। কিন্তু আবার দাঁড়িয়েছেন। রোজ সকালে কাঙালের মতো কোর্টে গিয়ে দাঁড়ানোটাই ছিল ইভানের জীবন। তাঁর চর্চা। তাঁর ধ্যান। বা বলা ভালো, তাঁর রাস্তা। এইখানেই ইভান জিতে যান।

কিন্তু এ তো গেল সত্যিকারের প্রতিভাবান মানুষদের কথা। আমরা যারা সুনীল গঙ্গোপাধ্যায় নই, আবার ইভান লেন্ডল-ও নই, আমরা যারা শক্তি চট্টোপাধ্যায়ের ভাষায় 'আসলে তুমি ক্ষুদ্র, ছোট', তাদের উপায় কী হবে? বহুবচন থেকে বেরিয়ে এসেই বলি, প্রশ্নটা নিজেকে নিয়ে খানিক আমার-ই। আমার কী হবে আমি জানি না, কিন্তু অনেক কিছুই যে হবে না আমার, তা তো জানি। তা সত্ত্বেও, এই জেনে ফেলবার পরেও কি সরে আসতে পারছি রোজকার কাজ থেকে? নাকি চাইছিই সরতে?

চাইছি না, কেননা আমাদের মতো লোকজনের জন্যেও খোলা আছে সাদা পৃষ্ঠার দরোজা। রোজ সেই ফটকের সামনে দাঁড়িয়ে কড়া নাড়ার মধ্যে যে-উৎকণ্ঠা, যে-আগ্রহ, যে-অভাবনের আহ্বান, তা অন্য কে-ই বা আমাকে উপহার করবে? লেখার বাইরের যে-পৃথিবী, তা সব সময়ে সদয় বা সজীব হবেই, এমন কোনও কথা নেই কোথাও। তাই আঘাত-প্রত্যাঘাতের খেলা যেমন চলতে থাকে, তেমনই থামে না উপার্জনের জন্য নানাবিধ ফিকিরের সন্ধান। এই সমস্ত কিছুর ভারে, আমার মতো সাধারণ মনও হাত তুলে দেয়। অবসর নিতে চায়। আর তখন-ই সাদা পৃষ্ঠার সামনে হাজির হবার সময়।

এক দশকেরও বেশি সময় ধরে আমার জীবনে 'সাদা পৃষ্ঠা' শব্দটির মানে ওয়ার্ড ফাইল-এর নতুন ডকুমেন্ট। খুলে রাখা ল্যাপটপের ওপার থেকে সে একদৃষ্টে তাকিয়ে থাকে আমার দিকে, আমিও তার দিকেই চেয়ে থাকি। আর এই আশ্চর্য অপেক্ষার সামনে এসে পৃথিবীর বাকি সব কিছু মুছে যায়। কেবল এক আস্থা জেগে থাকে যে, হয়তো-বা কোনও দিন একখানা তেমন তেমন লেখা লিখে উঠতে পারব আমিও।

আর যদি না-পারি লিখতে? তাহলে কি এই রোজকার বসে থাকা বৃথা যাবে আমার?

উঁহু। কেননা এই সাদা পৃষ্ঠাই আমার মাথা গোঁজার শেষ ঠাঁই। লেখা কোনও দিন আসুক না আসুক, লেখার অপেক্ষায় এই যে তার সঙ্গে আমার এক দিনযাপনের সখ্য গড়ে উঠল, এই যে হাজার কাজের মাঝে বারবার তার সামনে গিয়ে চুপ করে বসে থাকার কথা মনে হল, এই যে তার সাদা রং আমাকে একইসঙ্গে শান্তি আর উত্তেজনা এনে দিল, তাই কি কিছু কম পাওয়া হল আমার?

সুনীলদার সেই কথাটা বুঝতে পারি এখন। বুঝতে পারি তাঁর সেই হাসির অর্থ। বুঝতে পারি 'সাদা পৃষ্ঠা, তোমার সঙ্গে' কবিতাটির বক্তব্যও। আর বুঝতে পারি, দৈনন্দিন এই সমর্পণের নেশাই আমার জীবনের লক্ষ্য। প্রতিদিন শুরু ক'রে পরের দিনের শুরুর দিকে এগিয়ে যাওয়া। এ ছাড়া আমার আর উপায় নেই কোনও। কেননা রোজ, অন্তত একবার সাদা পৃষ্ঠার সামনে চুপচাপ এসে বসাই হল আমার জানা একমাত্র পদ্ধতি।

লেখার নয়। বাঁচার।

কলকাতা
১৩ এপ্রিল, ২০১৬

বাঙালির পয়লা

সম্ভবত ১৯৮২, মা ভারত সরকারের প্রতিনিধি হয়ে যাচ্ছে সোভিয়েত রাশিয়া, গান গাইতে হবে সেখানে। দাদু প্রয়াত হয়েছেন '৭৫-এই, নইলে যাবার আগে তাঁকে প্রণাম করে আশীর্বাদ নিত মা। যাবার আগে আগে হঠাৎ একদিন বাবা এসে মাকে বলল, 'উনি হিন্দুস্তান পার্কের বাড়িতে এসেছেন।' তার পরপরই এক বিকেলে ছ' বছরের আমাকে গেঞ্জি আর হাফপ্যান্টে মুড়ে রওনা দিল দুজন। কোথায় যাচ্ছ, জানতে চাইলে বলল, 'এক বিরাট শিল্পীর বাড়ি। প্রথমবার বিদেশ যাওয়া, একবার আশীর্বাদ নিয়ে আসি। দেখলেই প্রণাম করবে কিন্তু, কেমন?'

স্যান্ডো গেঞ্জি আর বাটিকের লুঙ্গি পরা মানুষটি নিজেই একগাল হাসি নিয়ে দরজা খুললেন, 'আরে শ্রীলা, তপন... আস আস। এই বুঝি তোমাগো ছাওয়াল? মানস ক্যামন আছে?' কাঠবাঙাল ঘড়ঘড়ে গলার মানুষটি প্রণাম করবার সুযোগ না দিয়েই কোলে তুলে নিলেন আমাকে। গাল টিপে দেদার আদর করলেন, মা আর বাবা তাঁর পায়ে মাথা ঠেকিয়ে প্রণাম করে মাদুরে বসল, কিন্তু আমি কোল থেকে ছুটি পেলাম না। গানবাজনা নিয়ে কথা হল সারাক্ষণ, যার কিছুই মাথায় ঢুকছিল না তখন, তবু ভালো লাগছিল, কারণ হাস্যমুখ মানুষটি আমাকে নিজে হাতে সন্দেশ আর বিস্কুট খাইয়ে দিচ্ছিলেন।

যাবার আগে বাবা একটা ছবি তোলার আবদার করলেন, এমন স্মৃতি তো ফ্রেমবন্দি করতেই হয়।

'ফটো নিবা? ড্রেস পরি তাইলে।' বলে ভেতরে গিয়ে একটা ঘুচিমুচি পাঞ্জাবি আর চশমা পরে এলেন।

ছবি উঠল বটে, কিন্তু আমার ছটফটানির কারণেই অমূল্য ফ্রেম থেকে বাদ পড়লাম সেদিন। শেষমেশ আরও একদফা প্রণামের পর বাড়ি ফেরা হল।

পরমেশ্বর আলি আকবর খান সাহেবকে চিনতে পারিনি সেদিন। অবশ্য আজও তাঁকে চেনা ফুরোয়নি আমার। কত কত রাত কেবল তাঁকে শুনে জেগে কাটিয়ে দিয়েছি... কখনও আসরে, কখনও রেকর্ডে। কেবল এই বিস্ময় নিয়েই যে, কীভাবে কেউ আবেগ আর মেধার এমন মেলবন্ধন প্রকাশ করতে পারেন! আজও কাটাই বহু রাত। আর ভাবি, স্বয়ং ব্রহ্মকে কাছে পেয়েও চিনিনি সেই সন্ধেবেলা। তবে খোদ পরমেশ্বরের হাত থেকে প্রসাদ খাওয়ার সৌভাগ্য, এই বা ক'জনের হয়?

আমি জীবনের কাছে ঋণী, মা আর বাবার কাছে কৃতজ্ঞ। আমার অজান্তেই আমাকে পৃথিবীর বিরলতম স্রষ্টার স্পর্শ পাইয়ে দিয়েছেন। মোটে ছ' বছর বয়েসেই শ্রেষ্ঠ তীর্থ দর্শন

হয়ে গেছে বলে আজ আর মসজিদ মন্দির গির্জায় যাবার প্রয়োজন পড়ে না।

আজ সেই পরমেশ্বরের আবির্ভাব দিবস। সুর-ই তাঁর একমাত্র ভাষা ছিল বটে, কিন্তু তাই বলে বাঙালি ছিলেন, এই ক্ষুদ্র গর্ব পালন করতে ছাড়ব না। আজ বাঙালির পয়লা। বিসমিল্লাহ্। ব্রহ্ম। শুভ জন্মদিন, শ্রী আলি আকবর...

পুনশ্চ ঃ

সেই ছবিটা, এখন দেখছি, বেশ ঝাপসা উঠেছিল। তার চেয়ে অন্য দুটো ছবি বেশি পছন্দ হল। বাবা তাঁর সাংবাদিকতার একেবারে শুরুতে খান সাহেবের সাক্ষাৎকার নিয়েছিলেন একবার, সেইটে। আর রাশিয়া থেকে ফেরার পর কী এক কাজে বাবা আর মা আরও কয়েকজনকে নিয়ে হাজির হয়েছিলেন হিন্দুস্তান রোডের সেই বাড়িতে। সম্ভবত কোনও অনুষ্ঠানের খাতিরে। সেই ছবিটাও রাখলাম এখানে, সকলের জন্য।

কলকাতা
১৪ এপ্রিল, ২০১৬

আয়না

২০১৪ সালে প্রায় এইরকম একটা সময়েই ফ্লোরিডা-তে ছিলাম আমরা কয়েকজন। চোখ বুজলে এখনও শহরটা দেখতে পাচ্ছি। কিন্তু ভাবতে পারছি না সেই শহরেই এতজনকে প্রাণ দিতে হল।

কোন অপরাধে?

সমকামিতা। সমকামিতা ঘোরতর অপরাধ। হত্যা একটি নরম ব্যাপার। এত নরম যে তিপান্ন জন মিলিয়ে গেলেন মুহূর্তে।

বলছি বটে ভাবতে পারছি না, যদিও ভাবতে না-পারার কথা নয়। রোজই তো হচ্ছে। আরও হবে। দারুণ বৃষ্টি পড়বে, ইলিশ ভাজা আর ফুটবল ম্যাচ জমে যাবে, মানুষ মারা হবে, আমরা গুছিয়ে বসব টেলিভিশনের সামনে। একবার খবর, একবার স্পোর্টস চ্যানেল। একবার মৃত্যু, একবার উদ্দীপনা। একবার হাহাকার, একবার উল্লাস। তারপর একসময়ে দৃশ্যগুলো ঝাপসা হয়ে আসবে, ধ্বনিগুলো মিশে যাবে একে অপরের গায়ে, আমরা খুন আর নুনের স্বাদ এক করে ফেলব।

ফেলেওছি বোধ হয়। নইলে আজ দুপুরে খেতে বসতাম না, বিকেলে টিকিট কেটে থ্রিলার দেখতে যেতাম না, রাতে ঘুমোতাম না, আর একটা স্টেটাস আপডেট করে দিয়ে নিজের সামাজিক দায় মেটাতাম না। জড়ো হতাম, জোট বাঁধতাম, এগিয়ে যেতাম, চিৎকার করতাম... কিছু হোক আর না হোক, বিহিত চাইতাম। যেমন বিপদে জোট বাঁধে পশুপাখিরা। আমরা

তাদের মতো উন্নত নই এখনও, তাই পারছি না। কিন্তু এই একলা ঘরে বসে চাইছি, যারা এমন কাণ্ড ঘটায়, তাদের যেন সহজে মৃত্যু না হয়। তারা যেন নিজেদের হাতে ধ্বংস করা পৃথিবীর ঝলসানো চেহারাটুকু দেখে যেতে পারে। ওটাই আমাদের তরফ থেকে উপহার, তাদের শাস্তি। একখানা আয়না।

'যে, যে কাজটা সবচেয়ে ভালোভাবে করতে পারে, ভালোবেসে করতে পারে, সেই কাজটিই নিয়ে জীবন কাটানো উচিত। কিন্তু এ দেশে তা সম্ভব হয় না।'

কলকাতা
১৩ জুন, ২০১৬

জানলার কোরাস

বন্ধু হিন্দোল তার সাম্প্রতিক একটি পোস্ট শুরু করেছে এইরকমভাবেই। তারপরেও আছে বেশ কিছু কথা, যার পরতে পরতে একজন সৃষ্টিশীল মানুষের আক্ষেপ আর অভিমান লুকিয়ে রয়েছে, লুকিয়ে আছে তার অপারগতার অংশ। কথাটা কিন্তু আমি প্রথম শুনলাম, এমন নয়। কারণ ঠিক এই এক বাক্য একইভাবে আমি নিজেকেই বহুবার বলে শুনিয়েছি, আজ থেকে কয়েক বছর আগে পর্যন্ত।

এই ক'দিন আগেই, এক বৃষ্টির সন্ধেবেলা, যখন আকাশের মেঘলা আলো পুরোপুরি নেভেনি, ট্যাক্সির জানলায় মাথা ঠেকিয়ে কী বেশ এক অনুষ্ঠানে যাচ্ছিলাম। থিয়েটার রোডের সিগন্যালে গাড়ি যখন একটু বেশি সময় ধরেই আটকে, হঠাৎ চোখ গেল সার দিয়ে দাঁড়িয়ে থাকা অফিসগুলোর জানলাদের দিকে। জলের ছাট তখনও সেইসব শার্সির গায়ে ঘামের ফোঁটার মতো লেগে রয়েছে, আর ভেতরে জ্বলছে উজ্জ্বল সাদা আলো। সন্ধেবেলার অফিসের আলো।

আমার মনে পড়ল, আজ থেকে পাঁচ-ছ'বছর আগেও ওইরকমই এক দফতরের কোনও এক ডেস্কে কোনও এক টেবিলে মনখারাপ নিয়ে বসে থাকতাম আমি। যখন জানলার বাইরে বিকেলের বৃষ্টি নামত ঝমঝমিয়ে, বা শীতের সন্ধেবেলা ঢিল ছোড়া দূরত্বে সেজে উঠত বইমেলা, বসে থাকতাম। চাকরি করতাম। আগে আগে খুব অপছন্দের কাজও করেছি, করতে হয়েছে। পরের দিকে পছন্দের কাজ, পছন্দের মানুষদের পেয়েছিলাম। তাঁরা আমাকে সম্মানও

দিয়েছেন প্রচুর, যার আমি যোগ্য নই। কিন্তু জানলার বাইরেটা দিতে পারেননি কেউ। শেষমেশ, ওটা আমাকে ছিনিয়েই নিতে হয়েছে।

থিয়েটার রোডের সেইসব জানলার কোরাসের দিকে তাকিয়ে আমার মনে হল, প্রত্যেকটা জানলার আড়ালে আমারই মতো কেউ বসে আছে। তারা বৃষ্টিতে ভিজতে চাইছে এইমুহূর্তে, দৌড়ে যেতে চাইছে লেবু চা-ওলার পেছনে রেড রোড পর্যন্ত, চাইছে কিচ্ছুটি না-করে কেবল গাড়ি আর মানুষজন দেখতে। তারা প্রত্যেকে চাইছে বেঁচে নিতে।

কিন্তু চাকরি। কিন্তু মাসমাইনে। কিন্তু নিশ্চয়তা। আরও অনেক অনেক 'কিন্তু'র কাচ দিয়ে তৈরি জানলা তাদের আটকে রেখেছে।

আমি তেমন কিছু কাজ পারি না, টুকটাক লেখালেখির চেষ্টা ছাড়া, কিন্তু হিন্দোল আর হিন্দোলের মতো অনেকের এই কষ্টটা চিনি, কারণ আমি নিজে দীর্ঘদিন তাকে বয়ে বেড়িয়েছি। তারপর, পারিনি। সব নিশ্চয়তার হাতছানি ঝেড়ে ফেলে একদিন অনিশ্চিত চায়ের কাপে লম্বা চুমুক লাগিয়ে হাঁটা দিয়েছি। কোনদিকে, আজও জানি না। অনেকে বলেছেন হঠকারিতা, অনেকে স্বার্থপরতাও বলেছেন। হয়তো বা তাই। কিন্তু তাঁরা কেউ আমার জানলাবন্দি জীবনে বৃষ্টির হাওয়া বইয়ে দেবার রাস্তা বাতলে দিতে পারেননি।

রাস্তাই একমাত্র রাস্তা, এর চেয়ে বড় সত্যি আর হয় না। আজ বেশ কিছু বছর হল আমি চাকরি করি না। নিজেদের পছন্দের কাজ করেই উপার্জনের চেষ্টা করি। লিখি, সঞ্চালনা করি, আরও টুকটাক কাজ। কিন্তু আমাকে হুকুম করার কেউ নেই, আমি নিজে ছাড়া। সকালে ইচ্ছে হলে খুব দেরি করে উঠি, ইচ্ছে করলে রাত জাগি, ইচ্ছে করলে সারা সন্ধে টহল মারি শহরের পথে পথে, ইচ্ছে করলে দুপুরে খাওয়া সারা হলে চাদর চাপা দিয়ে ঘুমোই, ইচ্ছে করলে টুক করে কাছেপিঠে বেড়িয়ে আসি। তারই সঙ্গে দিনরাত এক করে ঘাড় গুঁজে কাজও করতে হয় বইকি, অফিসের মতো দশটা পাঁচটার সুবিধেটা স্বাধীনতার বদলে ছাড়তে হয়েছে যে।

তবে আমার কোনও পাঞ্চকার্ড নেই, ছুটির অ্যাপ্লিকেশন নেই, হ্যাঁ, মাসমাইনে আর পেনশনও নেই। অনেক কিছু পেতে গেলে এটুকু তো ছাড়তেই হত, না? এখন ওই অফিসগুলোকে আমার ছেড়ে-আসা-গ্রহ বলে মনে হয়, যেখানে আর ফিরে যেতে পারব না কখনওই। তার মানে কি এই যে সক্কলে কাজকম্ম শিকেয় তুলে পথে নেমে পড়বেন? না। কিন্তু হিন্দোল যা বলেছেন, ওইটে হল গিয়ে মূল কথা। যে যা করতে ভালোবাসে।

চাকরি ছেড়ে দেবার পর ক'দিন অনিশ্চয়তায় ভুগেছিলাম, যদ্দিন না বুঝলাম যে সেটা

একটা মিথ। ডেনকালির জঙ্গলের মতোই। বেঁচে থাকার চাইতে অনিশ্চিত আর কিছু তো দেখিনি কখনও। তার কাছে একটা চাকরি তো শিশু।

হ্যাঁ, ঝুঁকি ছিল। আজও আছে। ইলিশ ছেড়ে দিতে হয়েছে বর্ষায়, ট্রেন ছেড়ে দিতে হয়েছে শীতকালে। নিজের ইচ্ছের হাত ছেড়ে দিইনি। ওইটুকুই তো সম্বল। কিন্তু আজ বেঁচে থাকার খোলা হাওয়া যখন ফতুয়ায় এসে লাগে, তখন মনে হয় এর চাইতে দামি কোনও কিছুই আমি পেতে পারতাম না।

হিন্দোল একজন ভাষা-কারিগর। আমি বিশ্বাস করি, আজও চাকরির বাইরে হিন্দোলের উপার্জন আছে, নিশ্চয়তা আছে। এই দেশেই আছে। সবচেয়ে বড় কথা, জীবন আছে। হিন্দোলের মতো অনেকের জন্যেই আছে। একবার শুধু ঝাঁপ দিতে হবে। নইলে আকাশটা টের পাওয়া যাবে না। আমি নিজের সামান্য অভিজ্ঞতায় বলতে পারি, জেদ থাকলে পরিস্থিতি সরে দাঁড়ায় অনেক সময়ে। আমি চাই হিন্দোল বাইরে এসে দাঁড়াক, তার পাশাপাশি তাকে

দেখে আরও অনেকে এসে দাঁড়ান, যারা নিজের ভালোবাসাকেই বেঁচে থাকার রাস্তা বলে ভাবেন, ভাবতে চান। এতে বিপদ আছে এক ভাগ, তিন ভাগ তৃপ্তি।

হয়তো অনেকের কাছে খুব বাতুলতা শোনাবে এমন কথা, কিন্তু আমি চাই একটা মাঠে ভারহীন বন্ধুদের সঙ্গে বৃষ্টিমুখী ছুট লাগাতে, যাদের কারও পায়ে শিকল নেই। মধ্যমেধার রাজত্বকে হারিয়ে দিতে হলে এ ছাড়া কিন্তু উপায় নেই। আসবে নাকি, তোমরা কেউ?

কলকাতা
১৬ জুন, ২০১৬

শুরু

‘ভর দে ঝোলি মেরি ইয়া মহম্মদ’ যখন গাইছেন তিনি, তখনও জানেন না, ঝাঁঝরা হয়ে যেতে হবে দুষ্কৃতীদের হাতে। স্বাভাবিক। আগে থেকে কে-ই বা জানতে পারে! আমরাও জানতে পারলাম, করাচি’র রাস্তায় ঘটনাটা ঘটে যাবার পর। একজন নামজাদা কাওয়ালকে দুষ্কৃতীদের রোষ আর বুলেটের শিকার হতে হল।

আমজাদ সাবরি। তাঁর পরিবারে গানবাজনাটাই স্বাভাবিক, নিহত হয়ে যাওয়াটা নতুন। কিন্তু সব নতুনকেই তো জায়গা করে দিতে হয়, এই যেমন দিচ্ছি আমরা। একটা মিহি আক্ষেপসূচক ‘আহা রে’ বলে পরের কাজে মন দিচ্ছি। কারণ, আমাকে তো মেরে ফ্যালেনি এখনও, আমার বাড়িতে তো ঢুকে আসেনি বন্দুকবাজের দল। তাছাড়া আগেরও দিনই বিশ্ব সংগীত দিবস গেছে, নানা অডিটোরিয়ামে পালন টালন করেছি, পোস্ট-ও দিয়েছি। সুতরাং সংগীতের প্রতি আমার দায়িত্বে আমি অটল। তবে হ্যাঁ, ঘটনাটা দুঃখজনক।

আসলে কী করা উচিত ছিল আমাদের? যারা নাকি গানবাজনা ভালোবাসি! বা সংগীত বাদ দিলেও যারা এমনিই শান্ত একটা পৃথিবী চাই? কী করা উচিত ছিল তাদের?

উচিত ছিল দল বেঁধে নানা জায়গায় জড়ো হয়ে জায়ান্ট স্ক্রিনে আমজাদের গান বাজানো। বাজিয়েই চলা। পুজোর সময় বাজে না, টানা দশ দিন? ওইরকম। মানুষকে মেরে ফেললে তার কাজ যে থেকে যায়, সেইটে দেখিয়ে দেওয়া। উচিত ছিল রাস্তা বন্ধ করে দাঁড়িয়ে পড়ে বিচার চাওয়া, কাজ চাওয়া। এখানে, ম্যানহাটানে, করাচিতে, প্যারিসে, একসঙ্গে পৃথিবীর

সব বড় শহরে নেমে পড়া। সব বন্ধ করে দাও। সব। বিচার চাও। মানুষ রোজ এসে মানুষকে মেরে দিয়ে যাচ্ছে, তার বিচার। নইলে গাড়ি এগোবে না। কারণ সভ্যতা তো পিছিয়ে যাচ্ছে দিন দিন। তার হবেটা কী?

এতেও কি সুরাহা হত? হয়তো না। নিশ্চিত আরও লোক মরত, যারা মারার, তারা ছেড়ে দিত না। কিন্তু কোথাও একটা সংলাপ শুরু হত, একটা শিক্ষিত হুমকি ঘোষিত হত, একটা বিষয় অন্তত স্পষ্ট হত—যাদের গায়ে আঁচ লাগেনি, তারাও এটা মেনে নিচ্ছে না।

তার বদলে আমরা আরও একটা মৃত্যুর পাশ কাটিয়ে পরের দিনে ঢুকে পড়েছি। ঢুকে পড়েছি যার যার হাইড আউটে। প্রাণভয়ে। গল্প করছি হাসিমুখে, আড্ডা দিচ্ছি। প্রাণভয়ে। আমজাদ সাবরিরা আমাদের কেউ নয়, মেনে নিচ্ছি। প্রাণভয়ে। নিজেদের মতো গানবাজনা করে কাগজে ছবি ছাপিয়ে বাথরুমের আয়নায় দেখতে পাওয়া মুখটাকে সেলেব্রিটি ভাবছি। প্রাণভয়ে।

যাদের প্রাণে এত এত ভয়, তাদের প্রাণ আদৌ জীবিত আছে তো? সন্দেহ হয়। মানুষের মৃত্যু হলে সত্যি কি মানব থেকে যায় আর?

জানি না।

এখন এখানে অনেকেই জানতে চাইবেন, 'মশাই, ফেসবুকে লেখা ছাড়া আপনিই বা কী করছেন?' সত্যি তো, করছি না কিছু। কিন্তু করব এবার। পঁচিশ বছর ধরে যে-মানুষ কবিতা লেখার চেষ্টা চালাচ্ছে, ব্যর্থতাকে সে ডরায় না। ওটা তার অভ্যেস হয়ে গেছে। আমি তাই ভেবেছি হাঁটব। কিছু হয় না হেঁটে, তা-ও হাঁটব। রাস্তায় দাঁড়িয়ে লিফলেট বিলি করব, যদি একজনও ডাস্টবিনে ফেলে দেবার আগে চোখ বুলোয়। লোক জড়ো করে গান গাইব। প্ল্যাকার্ড নিয়ে বসে থাকব ধর্মতলায়, টাইম স্কোয়ারে, কোলোসিয়াম-এর সামনে।

দিনের পর দিন যাবে, একজনও কি পাশে এসে বসবে না?

হয়তো বসবে না। কিন্তু শুরু করাটা দরকার। আর নাহলে দরকার ফ্যান থেকে ঝুলে পড়া। সেটা আমার রাস্তা নয়। তাই আমি আমার মতো করে শুরু করব। কিচ্ছু না হলেও, করব। কবে, কোথায়, কীভাবে, জানি না। কিন্তু শিগগিরি। মরে যাবার আগে, মানুষের হাতে মানুষের মৃত্যুর বিরুদ্ধে দাঁড়িয়ে যাব একবার। নইলে জন্মেছিলাম কেন?

কলকাতা
২২ জুন, ২০১৬

রক্তকরবীর পথ

'তোমার বাইরে যাওয়ার তো খুব বেশি দেরি নেই, না?'

একটা শুটিং পর্বে আছি গতকাল দুপুরে, ফোন করলেন শঙ্খবাবু। লজ্জাই হল বেশ। আমিই ভাবছিলাম, এতদিনের মার্কিন সফরের আগে সামনাসামনি দেখা না হোক, একটা ফোন করে খোঁজখবর নিয়ে যাব। উনিই আগে ফোন করে বসলেন। নেহাতই সংকোচে জানাতে হল যে হাতে আর মাত্র দিন চারেক, সেই ফিরে এসেই যাব ওঁর কাছে।

'তাহলে তো আলোচনাটা এখন আর হচ্ছে না।'

কী আলোচনা?—কথার খেই ধরে আমি কিছু বলতে যাব, এমন সময়ে উনিই আবার বললেন, 'সেই যে তুমি বলেছিলে না, রক্তকরবী নিয়ে কিছু কথা আছে তোমার?'

হ্যাঁ, বলেছিলাম অবশ্যই। মাস দেড়েক আগে। রক্তকরবী নিয়ে একটা লেখা তৈরি করতে যাবার আগে পড়ে নিচ্ছিলাম সে-বিষয়ে ওঁর লেখাপত্রগুলো। সেইখানেই, বারবার, নিজের বোঝা, নিজের ব্যাখ্যা নিয়ে প্রশ্ন জাগছিল। যেরকম পথ ধরে রক্তকরবী নিয়ে এগোনোর কথা ভাবছিলাম তখন, শঙ্খবাবু নিজের লেখায় সেইসব পথ একরকম পরিত্যাগ করাই শ্রেয় মনে করেছেন। আমারই ভাবনার গলদ তাহলে, এই রাস্তায় পৌঁছোনো যাবে না যক্ষপুরীতে।

কিন্তু তাহলে কোন রাস্তা? সেইটা জেনে নিতে হবে তো। তাই ভয়ে ভয়ে একদিন জিগ্যেস করেছিলাম, 'আমাকে কি একবার বুঝিয়ে দেবেন?'

বোঝানো, এমন শব্দে আপত্তি করেছিলেন তখন। বলেছিলেন, 'চলে এসো একদিন,

তোমার প্রশ্নগুলো শোনা যাবে। আমাদের আলোচনা থেকে নিশ্চয়ই বেরুবে কোনও পথ'।

এমনভাবে বলেছিলেন, যেন তাঁর সঙ্গে কোনও বিষয় নিয়েই আলোচনার স্পর্ধা বা যোগ্যতা আমার আছে। তার উপরে এ তো খোদ রক্তকরবী! কিন্তু আশ্বাস পেয়েছিলাম এই ভেবে যে, স্বয়ং তিনি আমাকে এ বিষয়ে সময় দেবেন বলেছেন।

তারপর কেটে গিয়েছে দেড় মাস, আমিই যোগাযোগ করে উঠতে পারিনি। চাকরি ছাড়লে স্বাধীনতা পাওয়া যায় ঠিকই, কিন্তু দৌড়ঝাঁপ বেড়ে যায় দশগুণ। তার উপর এতগুলো দিন থাকব না, প্রতিশ্রুত কাজগুলো তো মিটিয়ে যেতে হবে। এই করে আর সময় চেয়ে নেওয়া হয়নি। তিনি কিন্তু ঠিক মনে রেখেছেন আমার সেইসব দ্বন্দ্ব আর প্রশ্ন তোলবার কথা। মনে রেখেছেন, একদিন বসতে হবে, কথা ছিল এমনই।

এ কথা শুনে আমি লজ্জায় চুপ করেই থাকলাম। শঙ্খবাবু, হয়তো বা আমার সংকোচ আন্দাজ করেই মুখ খুললেন আবার, 'আসলে, আমার লেখা পড়ে তোমার মনে যে-সমস্ত

প্রশ্ন তৈরি হয়েছে, সেগুলো জানার বড় কৌতূহল হচ্ছে। তুমি ফিরে এসো, তার পরেই একদিন বসা যাবে নাহয়।'

আমি প্রায়-নীরব, সম্মতিসূচক এক 'হুঁ' বলবার পরেই, 'ভালো থেকো, কেমন?' বলে ফোনালাপে ইতি টানলেন তিনি। আর আমি ভিড়-জমা শুটিং স্পটের আলোর নীচে দাঁড়িয়ে মুহূর্তে একলা হয়ে গেলাম।

আমি ওঁর অসংখ্য পরিচিতদের একজন মাত্র। এমন প্রশ্ন বা দ্বন্দ্ব নিশ্চয়ই হামেশাই তৈরি হয় আরও অনেকের মনে আর তাঁরাও ওঁকে জানান সে কথা। সেই ভিড়ের মধ্যে উনি কীভাবে আর কেনই বা মনে রাখলেন আমার এমন এক তুচ্ছ দাবি? কেবল মনেই রাখলেন তা নয়, আমি সময় চাইছি না দেখে নিজেই সেই দেখা করবার কথা মনেও করিয়ে দিলেন আমায়!

নিজের মিছে-ব্যস্ততার কথা ভেবে যেমন লজ্জা হল, তেমনই এক অনাবিল পূর্ণতার বোধও এল এই ভেবে যে, এই সময়ের শ্রেষ্ঠ চিন্তক মনে মনে আমার জন্যে আলাদা করে রেখে দিয়েছেন তাঁর অমূল্য সময়ের কিছুটা। এমন প্রাপ্তিই বা ক'জনের হাতে আসে?

আমার ফিরে আসতে এখনও এক মাস এক সপ্তাহ। গতকাল সকাল পর্যন্ত নিউ ইয়র্ক-এ পৌঁছোনোর কথা ভেবে ভালো লাগছিল। বিকেল থেকে মনে হতে লাগল, পিছিয়ে দেওয়া যায় না সফরটা? এক্ষুনি বেরিয়ে পৌঁছে যাওয়া যায় না উল্টোডাঙ্গার সেই জানলাঘেরা বইভর্তি ঘরটায়? যেখানে আমাকে রক্তকরবীর পথ বলে দেবেন শঙ্খবাবু?

যায় না বলেই খানিকটা আক্ষেপ সঙ্গে নিয়ে উড়ে যাব দেশ থেকে। আর তাঁর সেই ঘরে, তাঁর বসবার চেয়ারের কাছটায়, আটকে থাকবে আমার মনের অনেকখানি অংশ। যার গন্তব্য কেবল উনিই চিনিয়ে দিতে পারেন আমাকে।

কলকাতা
২৫ জুন, ২০১৬

আশ্চর্য মহাদেশ

গতকাল, উত্তর আমেরিকা বঙ্গ সম্মেলনের শেষবেলায়, গানবাজনা শোনার এক চমৎকার সুযোগ এসে গেল। সকালে যেখানে আমরা কবিতা পড়েছি, সেই হোটেল পেনসিলভেনিয়ার বল রুম-এ সারা সন্ধে শাস্ত্রীয় সংগীতের আসর। গান শোনাবেন মিতালী ভৌমিক, পণ্ডিত উলহাস কোসলকরজি আর শেষে স্বয়ং এল সুব্রমন্যমের বেহালা।

আমি আর তিলোত্তমাদি ভালো জায়গা জোগাড় করে পাশাপাশি জমিয়ে বসলাম। দেশের বাইরে এসে এমন সন্ধে কাটানোর অবকাশ কম-ই হয়। 'পুরিয়া ধানেশ্রী' দিয়ে শুরু করলেন উলহাসজি। ওঁর গায়নের প্রতি আমার আলাদা একটা সমীহ তো আছেই, তাছাড়া আমাদের ঘরের গায়কির সঙ্গে কোথায় যেন মিল পাই। তাই খুব কাছের মনে হয়। বল রুম-এর বাইরে গোটা ম্যানহাটন জুড়ে তখন নিভে আসছে রোদ, অস্তগামী সূর্যের ছায়া ভেসে যাচ্ছে হাডসনের জলে। সেই সময়ে পুরিয়া ধানেশ্রী মানুষের যা যা করতে পারে, আমারও তাই তাই হচ্ছিল। এরপর শোনালেন তিলক কামোদ, শেষে মিশ্র কাফির একটি পুরোনো বন্দিশ। খুব মজা করে গাইলেন। দেশে এমন কত কত পুরিয়া ধানেশ্রীর সন্ধে কাটিয়েছি এক দিন... মনে পড়ে গেল।

মিতালীদির হাতে সময় ছিল অল্প, তারই মধ্যে ভারী গুছিয়ে 'ছায়ানট' গাইলেন, জমিয়ে দিলেন আসর। তারপর ঠুমরী, বাংলা গানও শোনালেন। এ-দেশে থেকে নিজের দেশকে কীভাবে বুকের মধ্যে পুষে রাখা যায়, মিতালীদি'র গান তার উদাহরণ।

আমি আর তিলোত্তমাদি ততক্ষণে মজে গেছি, এবার এল সুব্রমন্যমের বাজনা। একজন মানুষের বোধ, ভাবনা আর আঙুল একসঙ্গে এই গতিতে চলতে পারে, না শুনলে বিশ্বাস হয় না। শুরু করলেন 'মোহনম' রাগে, যা কিনা আদতে আমাদের ভূপালি। তবে কর্ণাটকী সংগীতে শ্রুতির ব্যবহার একটু প্রকট বলেই শুনতে অন্যরকম লাগে অনেক সময়। বাজনার মাঝখানে এসে তিলোত্তমাদি আমার কানে কানে একটা অদ্ভুত কথা বলল, 'বাজাচ্ছেন ভূপালি, কিন্তু আমার কেমন যেন ভোর ভোর মনে হচ্ছে। তোর এরকম হচ্ছে?'

আমি জানালাম, 'মোটেই হচ্ছে না তেমন। ওই তো দিব্যি আঠারো তলার জানলার বাইরে নেমে আসছে সন্ধে।'

ভূপালি শেষ করে জানালেন, অল্প সময়ের জন্যে 'কাফি' বাজাবেন। একটু আগেই উলহাসজি কাফি শুনিয়ে গেছেন। এক-ই আসরে দুই দিক্‌পালের এক-ই রাগ শুনতে পাওয়াও ভাগ্যের ব্যাপার। কাফি শুরু করলেন বেহালায়। বেশ অবাক হয়ে শুনলাম, সম্পূর্ণ উত্তরাঙ্গের চলনে বাজাচ্ছেন, কর্ণাটকী চলনের কোনও নামগন্ধ নেই। আমি বা আমরা অনেকেই সহজে ঢোকার দরজা পেয়ে গেলাম। ঠুমরী অঙ্গের বাজনা, চেনা সব রাস্তাঘাট দেখতে পেয়ে আমি আর তিলোত্তমাদি মাঝেমধ্যেই জ্বলজ্বলে চোখে এ ওর দিকে তাকাচ্ছি।

কাফি-তে মোটামুটি ডুবে গেছি, এমন সময়, কাউকে কোনও সময় না দিয়ে, এক লহমায় চলে গেলেন মিয়াঁ কি টোড়ি-তে। কাফির বন্দিশটাই বাজাচ্ছেন, এক-ই গৎ, রাগটা পাল্টে ফেলেছেন কিছু না বলেই। কেবল পাল্টে ফেলেছেন তা নয়, সোজা চলে গেছেন সকালের রাগে।

আমরা যারা উত্তর ভারতীয় শাস্ত্রীয় সংগীতের শ্রোতা, তাদের কাছে এ এক বিপর্যয় বলা যেতে পারে। আমি তিলোত্তমাদিকে ঝাঁকিয়ে বলে উঠলাম, 'এ কী গো, এ যে টোড়ি বাজাচ্ছেন!' অবিশ্বাসে অনেকেই বিস্ময় প্রকাশ করে ফেলছেন। একটু দূরে বসে থাকা মিতালীদির সঙ্গে চোখাচোখি হল একবার, এখনও বিশ্বাস হচ্ছে না এই ঘটনাটা ঘটছে। এ জিনিস আমাদের কল্পনা এবং অভ্যেসের বাইরে।

হঠাৎ ফোনের ঘড়ির দিকে চোখ পড়তেই বুকটা ছাঁৎ করে উঠল। দেশে ভোর হয়ে আসছে তখন। একটু আগেই তিলোত্তমাদি ভোরের কথা বলছিল, দেশের আকাশে এখন উঠছে সেই ভোর। এক লহমায় আমার স্থান কাল সব গুলিয়ে গেল। এমন শিহরন ইদানীংকালে খুব কমই পেয়েছি। কটা স্বরের অদল বদলে একজন মানুষ আমাকে কয়েক

৫১

হাজার মাইল দুরে নিয়ে গিয়ে ফেললেন। আমি দেখতে পেলাম আমার চেনা শহর জেগে উঠছে আরেকটা দিন শুরু করবে বলে, যখন হাডসনের ধারে ভর সন্ধেবেলা এল সুব্রমন্যম বাজাচ্ছেন মিয়াঁ কি টোড়ি।

শরীর এক আশ্চর্য মহাদেশ। তার মধ্যে অনেক দেশের সময় ঘুরে বেড়ায়। কেউ জেগে থাকে, কেউ ঘুমিয়ে। একমাত্র সংগীত, আমাদের দেশের সংগীত-ই বোধ হয় পারে, এক লহমায় দিন-রাতের এই আবর্তনকে নিজের মতো নিয়ন্ত্রণ করতে। কিছু পরে তিনি আবার ফিরে এলেন কাফিতে, শেষ হল অনুষ্ঠান। আমি রাত দশটার ম্যানহাটনে মাথার মধ্যে সকালের পাখি ডাকা নিয়ে হাঁটতে শুরু করলাম। ঠান্ডা হাওয়া দিচ্ছে। কলকাতার ভোরের হাওয়া।

নিউইয়র্ক
২ জুলাই, ২০১৬

ফ্লোরিডা

ছোট্ট মেয়ে ফ্লোরিডা। ফ্লোরিডা রোজারিও। বাংলার মেয়ে, ঢাকায় থাকে, সাংবাদিকতায় স্নাতক হবার পর এই ক'দিন হল কলকাতায় এসেছে, ইনটার্নশিপ করবে বলে। তার সঙ্গে আমার আলাপ এই ফেসবুকেই। বোন-ই হয়ে গেছে সে একরকম আমার, যদিও বয়সে আমার বোনেদের চেয়েও ছোট অনেকটাই। কলকাতায় আসার আগে বলেছিল আমায়, এসেই দেখা করবে, কাজ নিয়ে কথাও বলবে। কিন্তু যতদিনে ও কলকাতায়, তার কিছু আগেই আমি ম্যানহাটনে।

এখন আছি মৌসুমিদি-কাজলদার বাড়িতে, সেখানে বসেই মেসেঞ্জারে কথা হচ্ছিল ফ্লোরিডার সঙ্গে। ভালো কাজ পেয়েছে কলকাতায়, সে খবরই সে দিচ্ছিল আমায়। হঠাৎ কথায় কথায় লিখে পাঠাল, 'দাদা, ইদ মুবারক'। স্বাভাবিকভাবেই আমিও তাকে ইদের শুভেচ্ছা জানালাম। কথা এগোতে লাগল আবার। কিছুক্ষণ পর খেয়াল হল, হয়তো বা এক বিরল ঘটনাই ঘটে গেল একটু আগে।

ফ্লোরিডা জন্মসূত্রে ক্রিশ্চিয়ান, আমি সেই অর্থে বিচার করলে হিন্দু, যদিও ধর্মের কিছুই আমি মানি না। অথচ আমরা এখুনি এমন এক উৎসবের শুভেচ্ছা বিনিময় করলাম, যা আমাদের কারও ধর্মের আওতাতেই পড়ে না। ভারী অবাক লাগল। কলকাতায় আসা এক বাংলাদেশী ক্রিশ্চিয়ান আর ম্যানহাটনে রাত কাটানো এক ভারতীয় হিন্দু পরস্পরকে 'ইদ মুবারক' জানাচ্ছে। মন থেকেই জানাচ্ছে। ফ্লোরিডাকেও সে কথা খেয়াল করিয়ে দিতে সে

ভারী খুশি হয়েই অবাক হল, 'ও মা, তাই তো? দেখেছ দাদা, পৃথিবীটা আসলে কিন্তু সুন্দর'... বলল সে।

খুব নিভৃতে ঘটে যাওয়া এই ঘটনা কি আদৌ কোনও সংকেত পৌঁছে দিতে পারে কোথাও? ধর্মের প্রাচীন মানচিত্রের গায়ে একটা নতুন দ্বীপের দাবিও কি করতে পারে সে?

হয়তো না।

পঁয়ত্রিশ তলার পেন্ট হাউসের কাচ-দেয়ালে তখন ঠিকরে পড়ছে রাতের ম্যানহাটন, কিশোরগঞ্জে বিস্ফোরণ হচ্ছে। পৃথিবী একটা অশিক্ষিত শক্তির সামনে ক্রমশ নুইয়ে আনছে তার মাথা। সেই সময়ে দাঁড়িয়ে, ব্যর্থ হলেও, ওই আশ্চর্য শুভেচ্ছা বিনিময়টুকুই আমার অস্ত্র, ফ্লোরিডার সম্বল। কিন্তু ফ্লোরিডা, বোন আমার, পৃথিবীটা আদতে আর সুন্দর নেই। তুমি এখনও সুন্দর আছো, তেমনই থেকো। মহাকাশ থেকে তাকালে কেবল একটা গ্রহেই এত আলো ঝলমল করে উঠতে দেখা যায়। অথচ অন্তর থেকে সেই গ্রহই এত অন্ধকার। তার মধ্যেও, ইদ মুবারক, ফ্লোরিডা। কারণ আমাদের কোনও ধর্ম নেই, 'বুকে কুঠার সইতে পারা ছাড়া'...

নিউইয়র্ক
৫ জুলাই, ২০১৬

অসমাপ্ত

১৮৭৩ সালের শেষদিকে, প্যারিসে, এই ছবিটি আঁকছিলেন ক্লদ মোনে। যে-ঘরের জানলা থেকে দেখে আঁকছিলেন এই ছবি, আর কয়েকদিন পর, বসন্তের গোড়ায়, সেই ঘরেই ইমপ্রেশনিস্ট চিত্রকলার প্রথম প্রদর্শনীটি আয়োজিত হবে। সামনের দৃশ্যমান রাস্তার চলচ্ছবি তিনি তুলে আনছিলেন ক্যানভাসের গায়ে, তেলরঙে। আজ সেই ছবিটির সামনে গিয়ে দাঁড়ানোর সুযোগ হল আমার।

নিউ ইয়র্কের মেট্রোপোলিটান মিউজিয়াম অফ আর্ট বা MET একটি বিশেষ প্রদর্শনী রেখেছে কয়েকদিনের জন্য, Unfinished Works। বাংলায় যাকে বলা যেতে পারে, অসমাপ্ত কাজ। বহু শিল্পীর অর্ধসমাপ্ত কাজ এই প্রদর্শনীতে রাখা হয়েছে, একেবারে খসড়া পর্যায় থেকে শেষ করবার কিছু আগে এসে ছেড়ে দেওয়া কাজ পর্যন্ত। তারই মধ্যে থমকে গেলাম 'Boulevard des Capucines' নামক এই ছবির সামনে।

মোনে আমার বরাবরকার প্রিয় শিল্পীদের মধ্যে একজন, কিন্তু সেই কারণে নয়। ছবিটার জাদু লুকিয়ে আছে ক্যানভাসের সঙ্গে দর্শকের দূরত্বে। যত দূর থেকে এ ছবির দিকে তাকানো যাবে, তত পুঙ্খানুপুঙ্খভাবে আবিষ্কার করা যাবে তার বিস্তার ও মাধুর্য। কিন্তু যতই এগিয়ে যাওয়া যাবে তার দিকে, ততই ঝাপসা হয়ে আসবে সবরকমের সূক্ষ্মতা। একেবারে সামনে গিয়ে দাঁড়ালে এলোমেলো কিছু রঙের সমন্বয় ছাড়া আর কিছুই মনে হবে না তাকে, অথচ ঠিক দশ পা পিছোলেই শীতের প্যারিসে জমজমাট বুলেভার্ডের এক দিন দেখতে পাওয়া

যাবে স্পষ্টত। আমি মিনিট পঁয়তাল্লিশ ছবিটির সামনে দাঁড়াতে পেরেছি, যার গোটাটাই সামনে-পিছনে এগিয়ে-পিছিয়ে কেটে গেছে।

খেয়াল করলাম, বিখ্যাত শিল্প সমালোচক Ernest Chesneau এই ছবিটি সম্পর্কে বলতে গিয়ে মন্তব্য করেছেন, 'At a distance– one hails a masterpiece in this stream of life but come closer– it all vanishes. There remains only an indecipherable chaos of palette scrapings'। এখন প্রশ্ন হচ্ছে, এমন একটি ছবি আঁকতে কী মাপের অন্তর্দৃষ্টি ও কারিগরি দক্ষতার প্রয়োজন হতে পারে?

এর উত্তর আমাদের কল্পনার অতীত। কিন্তু আজ এই ক্যানভাসের সামনে দাঁড়াতে গিয়ে মনে হল, উত্তীর্ণ শিল্পের সম্মুখীন হওয়াও কিছু কম চ্যালেঞ্জের দাবি রাখে না। গ্রহীতা হিসেবে তার সামনে দাঁড়ানো মানে কোথাও প্রতিমুহূর্তে তার ভাবনার জন্য নিজেকে প্রস্তুত করে রাখা, কোনও না কোনও ভাবে স্থির সেই শিল্পকর্মের গতিময়তাকে অনুসরণের চেষ্টা করতে

থাকা। সৃষ্টির এত এত বছর পরেও তার দর্শক হিসেবে নিজের প্রমাণপত্র দাখিল করার প্রয়াস, নিজের যোগ্যতা তুলে ধরবার প্রচেষ্টা—একজন গ্রহীতা এর বেশি আর কী-ই বা করতে পারে!

আজ, ওই পঁয়তাল্লিশ মিনিট ধরে দশ পা এগোনো আর পিছনোর মধ্যে দিয়ে আমার সময়-ভ্রমণ হয়েছে একরকম। ২০১৬-র নিউ ইয়র্ক থেকে ১৮৭৩-এর প্যারিসে। তা নয় হল। কিন্তু ক্যানভাসের দশ হাজার মাইলের মধ্যেও পৌঁছোতে পারলাম কি? শিল্প, উত্তীর্ণ শিল্প, তার গ্রহীতা হিসেবেও একজন শিল্পীকেই প্রবেশাধিকার দেয়। সাধারণ তার মত ও সিদ্ধান্ত জাহির করতে পারে বটে, কিন্তু লড়াইয়ে শেষমেশ পেরে ওঠে না। খুব এলিটিস্ট শোনালেও, ইদানীং আমার এমনই মনে হয়।

আজ আবারও হল। অতীত শিল্পের সঙ্গে বর্তমান শিল্পীর সংলাপ-ই প্রকৃত গ্রহীতা বা দর্শকের জন্ম দেয়। আমার মতো বাকিরা মিউজিইয়ামেই ঢুকতে পারে কেবল, ক্যানভাসে নয়। তবে হ্যাঁ, একজন সাধারণ গুণগ্রাহী হিসেবে, শক্তিশালী শিল্পের সামনে গিয়ে দাঁড়ানোর পর নিঃস্বতার যে-বোধ তৈরি হয়, তাকে আমার কুর্নিশ জানাই।

নিউ ইয়র্ক
৮ জুলাই, ২০১৬

একদিন

একদিন রুদ্ধশ্বাসে দৌড়োব আর হঠাৎ পিঠে বিঁধে যাবে এলোপাথাড়ি বুলেটের কোনও একটা। একদিন বইমেলা থেকে ফেরার সময় ঘিরে ধরে চাপাতি দিয়ে নামিয়ে দেবে মাথা। একদিন কোনও রেস্তোরাঁয় মাথায় নল ঠেকিয়ে ধর্মের বুলি মুখস্থ শোনাতে বলবে, পারব না। একদিন শপিং মলে কফি খেতে গিয়ে ছিন্নভিন্ন হয়ে যাব বোঝার আগেই। একদিন প্লেনসুদ্ধ ঢুকে যাব কোনও এক হাইরাইজে। একদিন বাড়িতে এসে ডোর বেল বাজিয়ে মেরে রেখে যাবে। পৃথিবীর যে-কোনও শহরে একদিন ঠিক এভাবেই মারা যাব আমরা। যে-কোনও দিন। আর যদি না যাই, বেঁচে থাকব প্রতিনিয়ত বাকিদের মৃত্যু মেনে নিতে নিতে। সে-ও কিছু কম মরা নয়। দুটোই তাহলে মৃত্যু। অর্থহীন মৃত্যু। জীবন নেই কোথাও।

নিউ জার্সি
১৪ জুলাই, ২০১৬

চড়ুইভাতি

গতকাল সকালে এসে পৌঁছেছি বস্টন-এ। অনুষ্ঠান তো আছেই, একটু ঘোরাঘুরির পরিকল্পনাও আছে। এরই মধ্যে বন্ধু অলকেশ আর কনক আমাদের জন্যে নানা কিছু ভেবে রেখেছেন, যাতে বেশির ভাগ সময়টা ভালোভাবে কাজে লাগানো যায়। সেইমতো বেরিয়ে পড়া গেল বিকেল বিকেল। ঘণ্টা দেড়েকের ড্রাইভের পর বার্কশায়ার পার্বত্য অঞ্চলের রাস্তায় ঢুকে পড়লাম আমরা, সন্ধে হতে তখনও বহু দেরি, কারণ সূর্যাস্ত এখন সাড়ে আটটার আগে হচ্ছে না কিছুতেই।

আমরা চলেছি চড়ুইভাতিতে, গাড়ির পিছনে প্রভূত সরঞ্জাম। তবে কিনা চড়ুইভাতির প্রধান আকর্ষণ আড্ডা বা খাওয়া নয়, সংগীত। জায়গাটার নাম ট্যাঙ্গলউড, সেখানে পাহাড়ের গায়ে ঢালু হয়ে নেমে গেছে ঝলমলে সবুজ মাঠ, এদিক-ওদিক ছড়িয়ে ছিটিয়ে গাছেরা দাঁড়িয়ে আছে, আর মাঠের শেষে মঞ্চ, যেখানে একটু পরেই পারফর্ম করবে বস্টন সিম্ফনি অর্কেস্ট্রা। বহু মানুষ এসেছেন নানা ঠিকানা থেকে, পছন্দমতো জায়গা বেছে নিয়ে তাঁরা বসে পড়ছেন মাঠে। সকলের মতো আমাদেরও সঙ্গে রয়েছে পোর্টেবল চেয়ার আর শতরঞ্চি, সেইসঙ্গে কিছু চিজ, পাস্তা, স্ট্রবেরি আর দু'রকমের ওয়াইন। এখানে দস্তুর এইরকমই। মানুষজন একইসঙ্গে ব্যক্তিগত সময়ও কাটাবেন, আবার সংগীতও উপভোগ করবেন।

কাঁটায় কাঁটায় আটটায় শুরু হল পারফরম্যান্স। মোট পাঁচটি মুভমেন্ট বাজানো হবে দফায় দফায়, তিনটির পর পনেরো মিনিটের বিরতি। ওবো, ভায়োলিন, ভিয়োলা, চেলো আর

পিয়ানো। Saint-Saens, Mozart, Debussy আর Britten. মাঠে শ-দুয়েক নানাবয়সি মানুষ, কিন্তু পিন পড়লে শোনা যাবে। আমাদের পিছনে পাহাড়ের গায়ে তখন সূর্যাস্ত হচ্ছে, হাওয়া ঠান্ডা হয়ে আসছে আস্তে আস্তে, পাখি আর ঝিঝির ডাকে মিশে যাচ্ছে পিয়ানো আর ভায়োলা, মিলে যাচ্ছেন কালজয়ী কম্পোজারেরা। ওয়াইনের গ্লাস-ধরা-হাত থমকে গেছে সেই কখন, খেয়াল করিনি। কেবল দেখেছি সূর্যাস্তের রূপকে পাল্লা দিয়ে পাহাড়ের অপর প্রান্ত থেকে জ্যোৎস্নার সম্ভার নিয়ে উঠে এসেছে কাঁচা হলুদ রঙের চাঁদ। আমাদের গায়ে তখনও Minore- এ Violin Sonatae-র চাদর।

এ কি সেই পৃথিবী, যেখানে সন্ত্রাস রাজত্ব করে? কিছুক্ষণের জন্যে বিশ্বাস হচ্ছিল না। কেবল মনে হচ্ছিল, এক সন্ধের জন্যে অন্য গ্রহের পিকনিকে এসেছি, সংগীত আর প্রকৃতি ছাড়া মানুষ যেখানে আর কিছু চায় না।

চাঁদকে সাক্ষী রেখে বহু মাইল পেরিয়ে ফিরে এলাম শহরে। সভ্যতা, পড়ে রইল পাহাড়ের ঢালে। আজ, আগামীকাল, চিরকালের মতো।

বস্টন
২৫ জুলাই, ২০১৬

অদৃশ্য দাবার ছক

গতকাল যখন নিউ ইয়র্ক ছেড়ে রওনা হব এবারের মতো, বৃষ্টি শুরু হল টিপটিপ করে। মনখারাপ যেভাবে শুরু হয়। এই শহরটাকে ছেড়ে যেতে কোনও দিনই ভালো লাগে না আমার। আজ নিউ জার্সিতে এই সফরের শেষ অনুষ্ঠান, কিন্তু দুপুর থেকে তুমুল বৃষ্টি। শেষমেশ অনুষ্ঠান ঘণ্টা তিনেক পিছিয়ে দিতে হল।

দুপুরে জানলার ধারে বসে একা একা বৃষ্টি দেখতে দেখতে যখন মনখারাপ হচ্ছিল একটু, নিউ ইয়র্কের জন্যে, এই দেশের পরিজন আর বন্ধুবান্ধবদের জন্যে, রাস্তাঘাট আর তরতাজা কফির জন্যে, তখন আমি ভাবতে শুরু করলাম প্যারিসের রাস্তাঘাট। সেপ্টেম্বরে ছুটি কাটাতে ইউরোপ যাবার কথা আমার আর দূর্বার, সাতাশ দিনের লম্বা ছুটি। তাই আজকের মনকেমনের সঙ্গে লড়ার জন্যে আমার হাতিয়ার হয়ে উঠল প্যারিস, অ্যামস্টারডাম, ভিয়েনা, রোম।

এই তো, দেরি নেই বেশি, এসে গেল। নিজেকে বোঝাচ্ছিলাম আমি। যাতে এখনকার এই ছেড়ে যাওয়ার মনখারাপ একটু হলেও উপশম পায়। তারপর মনে হল, এ তো আমার চিরকালীন কারিগরি কৌশল। বর্তমানের ফুরিয়ে যাওয়াকে ভবিষ্যতের ভরে ওঠা দিয়ে আড়াল করা। হয়তো বা আমার মতো অনেকেরই।

তখন ভেবে দেখলাম, সেই ছোট থেকে এমনটা ভেবে আসছি আমি। পুজোসংখ্যার শেষ উপন্যাসটা পড়তে পড়তে ভাবতাম, ডিসেম্বরেই জন্মদিন, নিশ্চয়ই কিছু বই উপহার পাব। সরস্বতীর প্রতিমা জলে ডুবে যাওয়ার সময় নিজেকে বোঝাতাম, দোল আসছে। জামশেদপুরে

ভাইদের সঙ্গে গরমের ছুটি কাটিয়ে ফেরার সময়ে ট্রেনে উঠে কান্না পেত খুব। তখন মনে মনে বলতাম নিজেকে, সামনেই বৃষ্টিতে রথের মেলা হবে, পাঁপড় খাব অনেকগুলো।

হ্যাঁ, সেই ছোট থেকেই, একটা প্রাপ্তির মুহূর্ত ফুরিয়ে আসাকে পরবর্তী প্রাপ্তির চাদর দিয়ে আড়াল করে এসেছি, আজও করে চলেছি যেমন। ডোভারলেন শেষ হলে বইমেলা, উইম্বলডন শেষ হলে ইউরো কাপ, অবকাশ শেষ হলে পরবর্তী অবকাশ।

আদতে, এইসব সূত্রের মধ্যে একটি বিষয়ই কেবল সাধারণ। তা হল শেষ হয়ে যাওয়া, ফুরিয়ে যাওয়া, সমাপ্ত হওয়া। আমি জানি, রোম থেকে কলকাতায় ফেরার দিন যখন খুব মনকেমন করবে, তখন আমি নিজেকে বোঝাব নভেম্বরে ফিল্ম ফেস্টিভ্যালের কথা। এভাবেই চলবে সব, এভাবেই চলব আমি। বিস্তৃত অন্ধকারের মধ্যে ইতিউতি জ্বলে থাকা মোমগুলোর একটা থেকে একটায় নিভতে নিভতে যাব। প্রতিবারই, পরের শিখাটার কথা ভেবে এড়িয়ে যাব এখনকার পোড়া সলতে আর ধোঁয়াকে।

কিন্তু, আজ হঠাৎ মনে হল, এই পুজোর পর বইমেলা, ডোভারলেনের পর রোম, পাঁপড়ের

পর নিউ ইয়র্ক, জন্মদিনের পর উইম্বলডন, এই নিরন্তর ঘটনাগুচ্ছকে একের পর এক সম্বল করে এগিয়ে চলেছি কোন দিকে? নিজেকে মাতিয়ে রাখতে রাখতে, নিজেরই মনখারাপ থেকে প্রতি মুহূর্তে আড়াল করতে করতে এই যে চলতেই থাকা, তা আসলে পৌঁছোবে কোথায়? অনাগতের দিকে উন্মুখ হয়ে এই তাকিয়ে থাকার শেষ কি হবে না তাহলে?

হবে। মৃত্যুতে। আমার মতো সাধারণ, আটপৌরে, নিরাপত্তাহীন, নেশাতুর মানুষের এই খেলা শেষ করতে পারে কেবল মৃত্যু। সে হবে সমস্ত আয়োজনের চিরসমাপ্তি, যার ওপারে আর কোনও মনখারাপ, কোনও অপেক্ষা নেই। এই ধারাবাহিক প্রলোভনরাশি, এই চক্রাকার ক্রীড়াবর্ত, তার বিশ্রাম সেখানেই।

সেই ছোটবেলা থেকে, যখন ভাষা জানি না, তখন থেকেই তো এই একটি নিশ্চয়তার দিকে ধাবমান আমরা। যার ব্যতিক্রম নেই, পরাজয় নেই। আজ, বৃষ্টির দুপুরে জানলার বাইরে তাকিয়ে, বহু ঘটনার ওপাশে দাঁড়িয়ে থাকা সেই অমোঘকে একবার দেখতে পেলাম যেন। সেও কি কিছু কম প্রলোভন? শ্রেষ্ঠ বলেই তো শেষে তার অবস্থান। আমার আর তার মাঝে আরও বেশ কিছু সুসজ্জিত স্মৃতি তৈরি হবে নিশ্চয়ই, যেমন আসবে নানান উদ্‌যাপন, আর অবশ্যই, আরও বহু অনপনেয় যন্ত্রণা। কিন্তু তাকে একবার মন থেকে মেনে নিতে পারলে এই এত কিছুর ভার একটু হলেও হালকা লাগবে বৈকি।

আজ এই বৃষ্টির মধ্যে মনে হল, নয় নয় করে মৃত্যুর দিকে অনেকগুলো বছর এগিয়ে এসেছি। অনেক কিছু পেতে পেতে, হারাতে হারাতে এসেছি ঠিকই, কিন্তু এগিয়েছি একমাত্র তারই দিকে।

অদৃশ্য দাবার ছকটার দিকে তাকালাম একবার। মন্ত্রী, গজ, বোড়ে, রানি... বৃষ্টিতে সব ভিজে একশা। কতদিন ধরে খেলা চলছে আমার। একটা চাল দিতে দিতে পরের চাল ভেবে নেওয়ার উত্তেজনাতেই খেলে গেলাম এতগুলো বছর। হয়তো আরও কিছু বছর বাকি। কিন্তু সব বৃষ্টির দিগন্ত পেরিয়ে কিস্তির চালটা মৃত্যুই দেবে। এতদিনকার খেলা মিথ্যে হয়ে যাবে না তাই বলে। অন্তত এটুকু বলেই নিজেকে শান্তি দেওয়া।

নইলে, হাতে আর থাকে কী...

নিউ জার্সি
৩০ জুলাই, ২০১৬

অলৌকিকের সামনে

শিল্পের পরিপূর্ণতা অনেক সময়ে তার গ্রহীতাকে অপূর্ণতার সামনেও দাঁড় করায়। ব্যক্তিগত অপূর্ণতা। আর ইদানীং আমার তেমনটা হচ্ছে। সমুদ্রের সামনে গিয়ে দাঁড়ালে বরাবরই যেমন খুব ছোট লাগে নিজেকে, তেমনই উত্তীর্ণ শিল্পের সম্মুখীন হলেও একই রকমের বোধ হয়। সেই বোধ খুব যে সমস্যার সব সময়ে তা হয়তো নয়, কিন্তু গ্রহীতা নিজেও যদি শিল্পের কোনও শাখায় কাজ করবার চেষ্টা চালিয়ে যান, তাহলে বৃহতের সম্মুখে দাঁড়িয়ে নিজের ক্ষুদ্রতার যে-সংকোচ, তা থেকে প্রথমে একধরনের ব্যর্থতাবোধ তৈরি হয়, যা শেষমেশ গিয়ে পৌঁছয় অবসাদে। দীর্ঘ অবসাদ।

ব্যর্থতাবোধ আমার বরাবরই ছিল, সময়ের সঙ্গে সেটা বেড়েছে কেবল। কিন্তু হয়তো সম্প্রতি আমি অবসাদের সেই একমুখী সুড়ঙ্গের মধ্যে ঢুকে পড়েছি। শিল্পের যে-সমস্ত নিদর্শনের সঙ্গে এতগুলো বছর কেটেছে, ইদানীং তাদের সামনে পড়লে প্রথমে অস্বস্তি, তারপর যন্ত্রণাই শুরু হচ্ছে।

যদি বোঝাতে চাই ঠিক কীরকম, তাহলে বলব, এই সেদিন শ্রীকান্তদার গানের ঘরে আড্ডা দিচ্ছি দুজন মিলে, হঠাৎ শ্রীকান্তদা হারমোনিয়াম টেনে, 'এই গানটা ভাবো একবার...' বলে একখানা গান ধরল। রবীন্দ্রনাথের গান। 'তব দয়া দিয়ে হবে আমার জীবন ধুতে'। এ গানের কথা যে আমাকে খুব টানে তা নয়, কিন্তু দ্বিতীয় পঙ্‌ক্তিতে, 'নইলে কি আর পারব তোমার চরণ ছুঁতে' কথাগুলো সুর করছেন যখন, 'চরণ ছুঁতে'-র অংশে মধ্য সপ্তকের শুদ্ধ রেখাব

থেকে মন্দ্র সপ্তকের কোমল ধৈবতে এসে দাঁড়াচ্ছেন। রাগটা ভৈরবী। এবং এভাবে আগে কেউ প্রয়োগ করেননি। পরে তো প্রশ্নই ওঠে না।

এবার এই অলৌকিকের সামনে দাঁড়িয়ে কম বয়েসে বিস্ময় আর মুগ্ধতা কাজ করত। এখন ব্যথা লাগে। কান্না পেয়ে যায়। খুব স্বার্থপরের মতো হলেও পরমুহূর্তে মনে হয়, আমার তো পারা হল না কিছু। এই যে একখানা পঙ্‌ক্তির শেষ অংশের সুর আমাকে শিকড় ধরে নাড়িয়ে দিয়ে গেল, এমন এক পথের ঝলক দেখিয়ে গেল যার কোনও তুলনা এই পৃথিবীতে আর একটিও নেই, এই উত্তরণের সামনে নিজের ধারাবাহিক ব্যর্থতা নিয়ে বসে থাকতে কষ্ট হয়, সাহসও লাগে। সেই সাহস আমার ফুরিয়ে আসছে।

আজ দুপুরেই বিড়বিড় করছিলাম গালিব সাহেবের একটি শের। অত কিছু খেয়াল করিনি, মাঝেমাঝেই যেমন অভ্যেসবশে আওড়াই, তেমনই আর কী। 'ন থা কুছ তো খুদা থা, কুছ ন হোতা তো খুদা হোতা / ডুবোয়া মুঝকো হোনে নে, ন হোতা ম্যায় তো ক্যা হোতা'। হঠাৎ মনে হল, এ কী কথা লিখে রেখে গেছেন! এই শেরের পাশ দিয়ে অন্তত হাজারবার গেছি আমি। আজ প্রথমবার আক্ষরিক অর্থে কান্না পেয়ে গেল। প্রিয়তম কবি তিনি আমার, তাঁকে ঈর্ষা করতে গেলেও কমপক্ষে একজন মোমিন খান মোমিন হতে হয়। কিন্তু আমি যে গত ২৫ বছর ধরে সময় ব্যয় করে ফেলেছি কবিতা লেখার চেষ্টায়, সে-চেষ্টার সবটুকু তো এই

দুই পঙ্‌ক্তির সামনে এসে মিলিয়ে যাচ্ছে নিমেষে। তার কী হবে তাহলে?

এখানে অনেকেই বলতে পারেন, সকলে কি গালিব বা রবীন্দ্রনাথ হন?

না, নিশ্চয়ই হন না। পৃথিবীর ইতিহাসে অনন্যদের সংখ্যা এখনও হাতে গোনা। এঁরা যে-প্রতিভা ও নিষ্ঠা নিয়ে এসেছিলেন, আর কেউ তেমন আসেননি। সুতরাং ভেবে লাভ নেই। এই হতে পারে যুক্তি। এতে একটা উপশমের পথ খোলা থাকে নিশ্চয়ই। কিন্তু আমি যখন জেনে যাচ্ছি যে এই স্তর তো দূরের, এর এক আলোকবর্ষ দূরত্বের আওতায় পড়বে, এমন কিছুও আমি করতে পারলাম না এই আড়াই দশকের চেষ্টায়, তখন নিজের বেঁচে থাকাটা অর্থহীন মনে হয়। আমি অন্য কোনও কাজে নিযুক্ত থাকলে হয়তো হত না, কিন্তু কবিতা লেখার চেষ্টা করি বলেই হয়। এই নির্মম পরিপূর্ণতা এক ধরনের অবসাদ বুনতে থাকে আমার চারপাশে।

একচল্লিশ হল। আর তো নতুন করে শুরু করবার দিন নেই। করেও যে কিছু হবে না, তা-ও তো জানা। তাহলে উপায় এখন কী? এইসব শিল্পের সামনে কেবল বসে থাকা, আর

নিজের না-পারার যন্ত্রণা বয়ে নিয়ে বেড়ানো?

এইরকম হয় আজকাল। এই সেদিন নিউ ইয়র্কে ক্লদ মোনে-র একখানা ক্যানভাসের সামনে দাঁড়িয়েও মনে হল এমন। আবার এই যে ইউরোপ যাচ্ছি দেখবার ইচ্ছে নিয়ে, নিশ্চিত জানি, দেখবার আনন্দের সঙ্গে ব্যর্থতার যন্ত্রণাও মিশে থাকবে। আর এই নিপুণ যন্ত্রণা দিয়ে তৈরি অবসাদ আস্তে আস্তে গ্রাস করে নেবে আমায়। নিচ্ছেও।

সৃজিতের সঙ্গে আজই কথা হচ্ছিল এই নিয়ে। জানতে পারলাম, ওরও হয় এমন। একটা ছবিকে ঘিরে দশরকম কাজের ব্যস্ততায় থাকতে থাকতে হঠাৎ-ই সবকিছু অর্থহীন মনে হয়। 'যখন তারকভস্কির ছবি দেখি, মনে হয় আমি তো এর সামনে দর্শক হয়েই থেকে যাব চিরকাল। তখন নিজেকে দিনমজুরের চেয়ে বেশি কিছু ভাবতে পারি না' — বলছিল ও।

আমাদের মনে পড়ে যায়, ঋতুদা একবার বলেছিল, 'এটাই আক্ষেপ যে আমি পৃথিবীর প্রথম পাঁচশ জন পরিচালকের মধ্যেও পড়ি না।' এখন ঋতুদার মতো মানুষের যদি এহেন আক্ষেপ জন্মায়, আমার মানসিক পরিস্থিতি সহজেই অনুমেয়। শিল্পের বৃহত্তর পরিসরে আমি যে এমনকী মধ্যমেধার আওতাতেও পড়ি না, এই বোধ মেনে নেওয়া সহজ নয়।

যে-জন নিজের ক্ষুদ্রতার হদিশ রাখে না, বিশালতা তার কাছে কেবলই বিস্ময়ের উপাদান। কিন্তু বিশালতার আয়নায় যে নিজের দীনতাকে স্পষ্ট দেখতে পায়, অবসাদ তার নিয়তি হয়ে ওঠে। সেই যে রবীন্দ্রনাথ লিখেছিলেন, 'যদি প্রেম দিলে না প্রাণে / কেন ভোরের আকাশ ভরে দিলে এমন গানে গানে'... এ হল সেই কথা।

এখন এই অবসাদ থেকে আর মুক্তি নেই। সব ছেড়েছুড়ে বসে থাকলেই হয়, তা জেনেও প্রাণপণ কাজের ভাণ চালিয়ে যাওয়াই এখন ভবিতব্য। শেষমেশ সাফল্য একটাই, বেঁচে নিতে নিতে এই বিশালতার সামনে দাঁড়াতে তো পারলাম, সাক্ষী থাকতে পারলাম এই সব কিছুর। নইলে তো এ গ্রহের বাসিন্দা হবার আর কোনও অর্থ থাকে না।

কলকাতা
৩১ অগস্ট, ২০১৬

শিক্ষক

আজ দুপুরে এক ঘরোয়া অনুষ্ঠানে হঠাৎ-ই দেখা হয়ে গেল আমাদের। অনুষ্ঠান শেষ করে বেরোচ্ছি যখন, বাইরে ঝমঝমিয়ে বৃষ্টি, রাস্তায় প্রায় হাঁটুজল। মাথায় ভূত চাপল কফি অভিযানের। রাস্তায় প্রবল ট্র্যাফিক, তন্ময়দাই গাড়ি চালাচ্ছিল। পছন্দের ক্যাফেতে পৌঁছোতে বেশ সময় লাগল। আর সেই সময়টুকুতেই তেড়ে শুরু হয়ে গেল আড্ডা। বৃষ্টির মতোই, ঝমঝমিয়ে। যারা তন্ময়দাকে জানেন, তাঁরা এটাও জানেন যে ওঁর সাংগীতিক জীবনে অভিজ্ঞতার ভাণ্ডার কতখানি বিস্তৃত। আমি আর জয়ও, গানবাজনা নিয়ে আড্ডা শুরু হলে আর কিছু চাই না।

কফির কাপ হাতে সেইরকমই এক আড্ডা জমে গেল আজ আমাদের। মূল কথক স্বভাবতই তন্ময়দা, আমি আর জয় ধুয়ো দিচ্ছিলাম কেবল। আমাদের বেড়ে ওঠাটাও যেহেতু গানবাজনা এবং কেবল গানবাজনার মধ্য দিয়ে, এইসব মজলিশি তেহজিব আমাদের টানে বেশি। তন্ময়দা'র স্মৃতি ছুটছিল পণ্ডিত বিরজু মহারাজ থেকে উস্তাদ বিলায়েত খান হয়ে উস্তাদ জাকির হুসেনে। তাঁদের সঙ্গ করবার খাস মুহূর্তগুলো আমাদের চোখের সামনে জ্যান্ত হয়ে উঠছিল।

পাশাপাশি আমাদের বাড়ির গানবাজনায় তন্ময়দার জড়িয়ে পড়ার যে মিঠে স্মৃতি, সেইসবও উঠে আসছিল বারবার। আমি নিজের বুঁদ হয়ে থাকা ছেলেবেলাটা ঝালিয়ে নিচ্ছিলাম আরও একবার। জয় ভাগ করে নিচ্ছিল তার গানবাজনা শোনবার অভিজ্ঞতাগুলো।

কিছুক্ষণের জন্যে ওই ক্যাফের টেবিলটা আমাদের সময়যান হয়ে গেছিল। মুহূর্তের জন্যে মনে হচ্ছিল, আজও বুঝি কলকাতা সন্ধে থেকে সারারাত মহফিল-এ মাতাল হয়ে থাকে।

তা আর হয় না। আমাদের বড় হয়ে ওঠাটাই বোধহয় সেই সময়, যখন গানবাজনার শেষ নবাব আর বেগমরা নিজেদের উজাড় করে শুনিয়ে গেছেন। আজ আমরা যদি এক অক্ষর লেখার বা দু'কলি সুর করবার চেষ্টাটুকুও করতে পারি, তার জন্যে দায়ী ওইসব রাতের পর রাত জেগে গানবাজনা শোনা। তন্ময়দাও ওঠার সময় বলল, তোরা যা শুনে নিয়েছিস, সেইটে মনে করে রাখলেই সারাজীবন কাজ করে যেতে পারবি।

সত্যিই, শোনার চেয়ে বড় শেখা আর কিছুতেই বোধহয় হয় না। আজ জীবনের যে-বয়েসে এসে দাঁড়িয়েছি, তাতে বুঝতে পারি, সেইসব জেগে কাটিয়ে দেওয়া অলৌকিক রাতগুলোই আমাদের শ্রেষ্ঠ শিক্ষক। আজ, ৫ সেপ্টেম্বরের অবকাশে, তাদের-ই পায়ে মাথা নামিয়ে রাখলাম।

কলকাতা
৫ সেপ্টেম্বর, ২০১৬

চিয়ার্স

এই দিনটাতে তো আমরা সব্বাই জড়ো হতাম তাঁর আশেপাশে। যদি কোনওক্রমে কলকাতায় থাকতেন তিনি, আমাদের ভালোবাসার অত্যাচার থেকে রেহাই মিলত না। আনুষ্ঠানিক আড়ম্বর যতই থাক না কেন, সবশেষে ঘরোয়া জমায়েত আর আড্ডা চাই-ই চাই। সঙ্গে পানভোজন, খোলা গলার গান আর সদ্য লেখা কবিতা। সুনীলদা কোন গ্রহ থেকে এসেছিলেন জানি না, কিন্তু আমরা যে-গ্রহের বাসিন্দা, সেই পৃথিবীর অনেকখানি তিনি আমাদের চিনিয়ে দিয়ে গেছিলেন। আমাদের ব্রেইল থেকে দূরবিন, সবই ছিলেন তিনি। কখনও বা ক্যালাইডোস্কোপ।

'ছবির দেশে কবিতার দেশে' বইখানা প্রথম যখন পড়ি, আলাপ ছিল না তাঁর সঙ্গে। কিন্তু বইটার সূত্রে টের পেয়েছিলাম পাশ্চাত্য আর তার শিল্পের প্রতি মোহ কী হতে পারে। আমরা কেউ তাঁর মতো করে দেখতে পারব না, জানি, কিন্তু তাকাতে দোষ কী? তাই খুব ছেলেমানুষি জেদ চেপেছিল দীর্ঘদিন ধরে। কোনওদিন যদি ফরাসি দেশে পা রাখি, তাঁর জন্মদিনই হবে সেই দিন। তীর্থে বেরিয়ে পড়ার এর চাইতে ভালো লগ্ন আমাদের কাছে আর কী-ই বা হতে পারে?

আজ, ৭ সেপ্টেম্বর, ২০১৬, সন্ধেবেলা যখন প্যারিসের রাস্তায় প্রথম পা রাখছি আমি আর দূর্বা, মনে হচ্ছে সুনীলদাও আছেন পাশে। মনে হওয়া কেন, সত্যিই আছেন তো। তাঁর দেখানো রাস্তাগুলোয় হাঁটব বলেই তো আসা আমাদের। তাই যত রাত-ই হোক, প্রিয় পেগ

হাতে নিয়ে একবার আমরা দাঁড়াব এই শহরের বারান্দায়, ছবি আর কবিতার বারান্দায়। যতদূর দেখা যায়, সুনীলদা'র জন্মদিন ঝলমল করছে যেখানে...

চিয়ার্স!

প্যারিস
৭ সেপ্টেম্বর, ২০১৬

শর্মিলা

শর্মিলা অনশন ভাঙায় তাঁর বহু অনুরাগী নাকি ভেঙে পড়েছেন। তাঁরা নাকি ভাবতেই পারছেন না, শর্মিলা হঠাৎ একদিন এমনটা করতে পারেন। হতাশ লাগছে তাঁদের।

এমনিতে খুব সুন্দর ব্যাপারটা। এই হতাশার বিলাসিতা। মিষ্টি ব্যাপার খুব। এখন প্রশ্ন হচ্ছে, এই যারা আজ হতাশ, তাঁদের ক'জন গত ষোলো বছরে শর্মিলার পাশে গিয়ে দাঁড়িয়েছেন? পৃথিবীর দীর্ঘতম অনশনের রাস্তায় ইরম চানু শর্মিলার সঙ্গী হতে চেয়েছেন ক'জন? এঁদের মধ্যে ক'জন টানা ষোলো দিন উপোস দিতে পারবেন?

অনুরাগী হওয়া খুব সহজ। অনুগামী হতে গেলে সাহস লাগে। এক রাস্তায় অন্তত কিছুদূর হাঁটার সাহস। সেটা কিন্তু কারোর ছিল না।

শর্মিলা অনেকের হয়ে লড়েছেন ঠিকই, কিন্তু একা লড়েছেন। এই সংগ্রাম তাঁর একার সংগ্রাম। এই জেহাদ তাঁর একার। আমরা বাড়িতে বসে পেগের পর পেগ উড়িয়ে আফস্পা-র সমালোচনা করব, শর্মিলা সুস্থ আছেন না মারাই গেছেন শেষমেশ- তার খবর পর্যন্ত রাখব না, কিন্তু ওঁর অনশন ভাঙার খবরে আমাদের ভারী অভিমান হবে। আরও ষোলো বছর তো উপোস করলেই পারতেন, তাই না? তার বদলে এখন বিয়ে করার কথা ভাবছেন, নির্বাচন লড়ার কথা ভাবছেন। আমাদের সম্মিলিত, মিহি সমর্থন-বিলাসিতার মুখে পদাঘাত এসে পড়ল। দূর থেকে প্রান্তিকের লড়াইকে তারিফ করার যে নাগরিক গরিমা, তা আর তারিয়ে তারিয়ে উপভোগ করা যাবে না তাহলে? ভেঙে পড়লাম আমরা।

আসলে, ভেঙেই ছিলাম আমরা। ভেঙেই থাকব এভাবে। ইরম চানু শর্মিলা আমাদের কেউ নন, আমাদের জন্যেও নন। তাঁর লড়াইয়ের হাজার ভাগের এক ভাগও আমাদের আন্দাজে নেই। তাই অভিমানের অধিকারও আমাদের সাজে না। মূলস্রোতের ইতিহাসে প্রান্তিকের লড়াই কোনও দিনই স্বর্ণাক্ষরে লেখা হয়নি, এবারও হবে না। কিন্তু তাঁর এই একক লড়াইয়ের দূরতম ফায়ার প্লেসের আঁচে বাড়ি বসে হাত সেঁকার আরামটা এবার ছাড়তে হবে।

একজন চল্লিশোর্ধ মানুষ, যৌবনের সমস্তটা অনশনে কাটিয়ে, এবার ভালোমন্দ খাবেন, বিয়ে করবেন, নির্বাচন লড়বেন। বেশ করবেন। এ নিয়ে একটি শব্দ বলার অধিকার কোনও নাগরিকের নেই। বড়জোর বছর পাঁচেক বাদে, তাঁর অনশনের সঙ্গে পাঁচটা গান জুড়ে দিয়ে একটা টানটান ফিল্ম তৈরি হলে আমাদের দায়িত্ব থাকবে বক্স অফিসকে খুশি করার। ব্যস। ওই পর্যন্তই। শর্মিলাদের আমরা বরাবর পর্দাতেই ভালোবেসে এসেছি। পর্দার আড়ালে যে-লড়াই, তাতে আমাদের আগ্রহ বা দীক্ষা, কোনওটাই নেই।

শর্মিলা এবার সংসারী হবেন, গণতান্ত্রিক পদ্ধতিতে নির্বাচনে দাঁড়াবেন। এ-ও এক লড়াই। মূলস্রোত যাকে স্বীকৃতি দেয় অন্তত। আমরা সাক্ষী থাকব তাঁর বাকি ইতিহাসেরও, ওই দূর থেকেই। আর তাঁর প্রান্তিকতার ঔজ্জ্বল্য, তাঁর যুদ্ধের একাকীত্ব, সে-গৌরব তাঁর মুকুটেই থেকে যাবে। সেখানে আমাদের ভাগ নেই। ছিল না কোনও দিন।

ভিয়েনা
২৩ সেপ্টেম্বর, ২০১৬

শেষ সুযোগ

'মানুষের আজকাল চোখে পড়তে চাওয়ার একটা প্রবণতা হয়েছে, খেয়াল করেছ?' ঘরভর্তি লোকজন, গমগমে আড্ডা আর পার্টির হুল্লোড় চলছে, তার মধ্যেই এক কোণের একটা সোফায় আধো অন্ধকারে বসে কথাটা আমাকে বললেন তিনি।

ছিলাম অন্যদিকে, একলা দাঁড়িয়ে। এত মানুষের মাঝখানেও ঠিক চোখ গেছে তাঁর। 'ওহে, এদিকে শোনো'—বলে ডেকে নিয়েছেন তখনই। এমন একজন মানুষ নিজে থেকে ঠাহর করে ডাকছেন, এ-ও তো অবিশ্বাস্য। কলকাতার খোঁজ নিলেন গোড়াতেই, নতুন কে কী লিখছে, কোন কোন কাগজ বেরুচ্ছে, এইসবও জানতে চাইলেন। তারপর এই বাক্য, 'মানুষের আজকাল চোখে পড়তে চাওয়ার একটা প্রবণতা হয়েছে, খেয়াল করেছ?'

আমি চুপচাপ শুনছি, 'চোখে পড়ে যাওয়া নয় কিন্তু। পড়তে চাওয়া। প্রতিমুহূর্তে নিজেকে এই যে জাহির করতে চাওয়া, এ হল এক বিপদ। বুঝলে?'

আমি আর কী বলব, মাথা নামিয়ে শুনে চলেছি। কথাগুলো বলছেন প্রবাদপ্রতিম কবি সৈয়দ শামসুল হক।

যখনই গিয়েছি ঢাকায়, দেখা পেয়েছি তাঁর। কখনও মঞ্চ আলো করে বসে আছেন, কখনও রাতের আড্ডার শোভা হয়ে উঠছেন। তাঁকে ঘিরে সারাক্ষণ মানুষের আনাগোনা, উপচে পড়া ভালোবাসা আর কৌতূহল। তাঁর কবিতা তো আমরা সকলেই দু'হাত পেতে নিয়েছি, কিন্তু তাঁর ব্যক্তিত্ব নেওয়াও ছিল কঠিন। আমি যখন থেকে দেখছি, বয়স্কই বলা যায়

তাঁকে। কিন্তু ঋজুতার কোনও অভাব ঘটেনি কোথাও। কী ভাবনায়, কী বক্তব্যে, কী চলনে। বেপরোয়া, উচ্চশির, আন্দোলিত, আধুনিক একজন মানুষ ও কবি।

চলে গেলেন আজ। সুনীলদা চলে যাবার পর কলকাতার অনেকখানি যেমন চলে গিয়েছে, আমার বিশ্বাস, শামসুল হক সাহেবও ঢাকার অনেকখানি সঙ্গে করে নিয়ে গেলেন। নিজেকে জাহির করেননি কোনও দিন, তাঁর শব্দই তাঁকে পৌঁছে দিয়েছে শিখরে। যে-ঢাকাকে বুকের মধ্যে নিয়ে ঘুরতেন তিনি, যে-বাংলা ভাষাকে লালন করতেন, সেই ঢাকার সঙ্গে আর দেখা হবে না আমাদের। তেমন বাংলা ভাষা আরও একবার উচ্চারিত হওয়া দুষ্কর।

আজ বহু দূরে বসে আছি, কিছু ভালো লাগছে না। আমার মতো মানুষের থাকা না-থাকায় কী-ই বা আসে যায়। তবু, আজ ঢাকার রাজপথে তাঁর জনাজায় আমিও সামিল রইলাম। এটাই তো পা মেলানোর শেষ সুযোগ...

ফ্লোরেন্স
২৭ সেপ্টেম্বর, ২০১৬

ডুব

কোনও বিস্তীর্ণ লেখা শুরু করবার আগে লেখককে বেশ কিছু প্রহর দাঁড়াতে হয়। সেই শুরু না-হওয়া লেখার সামনে, সেই অনস্তিত্বের সামনে, যার মধ্যে থেকে উঠে আসছে সম্ভাবনা। ঠিক যেভাবে মাঝসমুদ্রে ডুব দেবার আগে দম নিয়ে নেয় ডুবুরি, যেভাবে প্রথম ওভার শুরুর আগে ড্রেসিং রুমে একা বসে থাকে বোলার, যেভাবে ভরা আসরে কোনও রাগ শুরু করবার আগে গ্রিনরুমে নিভৃতে তার বেঁধে নেন সরোদিয়া, ঠিক সেইভাবেই কিছু সময় কাটাতে হয় লেখককেও, অদেখা কোনও লেখা শুরু করবার আগে।

জানা বিষয়ে পা রাখার আগে যে মনঃসংযোগ, সে একরকম। যেমন আমরা পরীক্ষার আগে ঝালিয়ে নিই সব পড়া। কিন্তু যার বেশিরভাগটাই অজানা এখনও, কেবল লিখে ফেলাই যাকে জানার একমাত্র উপায়, তাকে শুরু করবার আগের এই মনঃসংযোগ আরও একার। সেখানে কেবল আছে লেখক, আর তার লেখার বিস্ফারিত, বহুবিভক্ত সম্ভাবনা। উলের গোল্লার মধ্যে যেমন লুকিয়ে থাকে কারও না কারও আগামী-সোয়েটার, ঠিক তেমনই।

দাঁড়িয়ে থাকতে থাকতে, অদেখা সেই লেখার বিস্তারের প্রতি এক আশ্চর্য আকর্ষণ তৈরি হতে থাকে, যা মানুষের স্বভাবসিদ্ধ। কিন্তু এ তো আসলে নিজের মধ্যেই ডুব দেওয়া। নিজেরই ভাবনার মধ্যে নেমে গিয়ে সূত্রের পর সূত্র গেঁথে তৈরি করা একখানা আদল, এক চেহারা, যা উপর থেকে দেখতে হবে সেই লেখার মতো, যার অস্পষ্ট ধারণা মাথায় ভেসে বেড়িয়েছে এতদিন। তাই ধারণাতীত একাকীত্বের এক প্রস্তুতি শুরু হয়। যা না

হলে, ভাবনা নিজের দরজা খুলে দেবে না কখনওই।

কীভাবে পাওয়া যাবে তাহলে সেই লেখা? ভাবনা তো আমারই, তবু তাকে খুঁজতে হচ্ছে কেন? অদেখা বলছি কেন তাহলে?

কারণ, অনেক লেখার ক্ষেত্রে, কেবল একটি অংশই লেখকের দৃষ্টিগোচর হয়। সাধারণত লেখার শুরুই হয়ে থাকে তা। কিন্তু তারপর কী হবে? কোনদিকে যাবে সেই লেখা? চরিত্ররা কী করবে সেখানে? আর সবচাইতে বেশি ভাবায় যে-চিন্তা, লেখা শেষ হবে কোন বিন্দুতে?

এই প্রশ্নগুলোর সম্মুখীন হলে বোঝা যায়, খুব সামান্য অংশ বাদ দিলে, যে-কোনও লেখার লেখকও আসলে পাঠক-ই। তাঁর কাজ হল অদেখাকে পাঠ করে বাকিদের পড়ানো। তিনিও আসলে নিজের কবিতা বা উপন্যাস পড়তে পড়তে লেখাটিকে আবিষ্কার করতে থাকেন।

মনে পড়ে যায়, উস্তাদ আলি আকবর খান সাহেবকে একবার প্রশ্ন করা হয়েছিল, 'এত এত মানুষের সামনে বাজান যখন, কেমন অনুভূতি হয়?'

উত্তরে উনি বলেছিলেন, 'তা আমি ঠিক বলতে পারব না। কারণ বাজনা শুরুর দশ মিনিট পর থেকে আমিও সামনে বসে শুনি আমার বাজনা।'

এই অতিবাস্তব, শরীরবহির্ভূত অনুভূতি আসলে যে-কোনও শিল্পের ক্ষেত্রেই সত্যি। পাঁচ লাইনের কবিতা হোক বা পাঁচশো পাতার উপন্যাস, লেখক নিজেই জানেন না, কী লেখা হতে চলেছে! তাই শুরুর আগে সেই মহারহস্যের দোরগোড়ায় নতজানু অপেক্ষা ছাড়া তাঁর কিছু করবার নেই।

খুব পরাবাস্তবিক শোনাবে যদিও, তবু ইদানীং আমার মনে হয়, সকলের সমস্ত লেখাই আসলে লেখা হয়ে আছে কোথাও। নির্ধারিত লেখককে কেবল সেই লেখার কাছে পৌঁছতে হবে। যেভাবে আমেরিকার উৎস জড়িয়ে আছে কলম্বাসের সঙ্গে।

কলম্বাস কি তৈরি করেছিলেন আমেরিকা? না তো। তিনি কেবল পৌঁছেছিলেন সবার আগে। ওই পৌঁছনোটাই একজন শিল্পী বা লেখকেরও কাজ।

কখনও কারও লেখা দেখে মনে হয় না কি, 'ইশ, ও এমন লিখে ফেলল, আমি যদি এই লেখাটা লিখতে পারতাম!' আসলে কোথাও সেই লেখাটা হয়েই ছিল যেন, আমার আগে কেবল সে গিয়ে পৌঁছেছে, এই যা তফাত। তাই লেখাটা আমি তার নামে জানতে পারলাম। নইলে কেউ না কেউ নিশ্চয়ই পৌঁছত।

এমনই মনে হয় আমার। আমি দেখতে পাই, নিরন্তর ভাসমানতার মধ্যে ঘুরে বেড়াতে

থাকা অগণন লেখাদের, যারা অপেক্ষা করছে লেখকের পৌঁছনোর। আর সেই পৌঁছনোর পথটিই তো অজানা। চূড়ান্ত সম্ভব অথচ সম্পূর্ণ অনিশ্চিত এই রহস্যের পথে লেখকের সম্বল কেবল তার ভাবনা, যা তাকে পৌঁছে দিতে পারে নির্ধারিত লেখার কাছে।

আর এতসব কিছুর আগে, দরকার নির্জনতা। নিজের সঙ্গে, নিজের কাছে নিজের নির্জনতা। দরজা বন্ধ করে একলা ঘরে থাকার নির্জনতা নয়। মাছের বাজারে, অফিস-ফেরতা ভিড়ে, বন্ধুদের আড্ডায় বা মিছিলের কলরবে একলা থাকার নির্জনতা। কারণ নির্জনতাই সেই 'ওয়ার্ম হোল', যা লেখককে তার লেখার কাছে পৌঁছে দিতে পারে। নইলে এক জীবনে এক পঙ্‌ক্তি লেখার কাছে পৌঁছনোও অসম্ভব।

এই তাহলে সেই প্রস্তুতি, সেই অপেক্ষা, সেই পূর্বরাগ। চিরঅদেখার শরীরে ডুব দেবার আগে নিজেকে বিস্মৃত হবার পাঠ এই তাহলে...

কলকাতা
১৯ অক্টোবর, ২০১৬

লক্ষ্মীর পায়ের ছাপ

ঈশ্বর মানি না, উৎসব মানি। ধর্মে বিশ্বাস নেই, মানুষে আছে। এইভাবেই কাটিয়ে দিলাম এতগুলো বছর। বাড়িতে মা ঈশ্বরে বিশ্বাসী, ইদানীং দেখছি দুর্বাও। আমার তাতে অসুবিধে নেই। আমরা তিনজনেই সহাবস্থানে বিশ্বাসী, কেউ কাউকে জোর করি না।

এই যেমন আজ সকালেই বেশ গুছিয়ে লক্ষ্মীপুজো করল দুর্বা। কাল অনেক রাত অব্দি নিজেই জোগাড়যন্ত্র করেছে, আমার মা আর ওর মা হাতে হাতে কাজ এগিয়ে দিয়েছেন কিছুটা। কিন্তু ওর উৎসাহই সবচাইতে বেশি। ভোগ রান্না করা থেকে প্রসাদী ফল-মিষ্টির আয়োজন, কোথাও যেন কোনও ত্রুটি না থাকে। আমি ধর্মাচার বুঝি না, তাই দূর থেকেই দেখি।

আজ অবিশ্যি বাড়ির পুজোর সরাসরি সম্প্রচার করবার জন্য একটি চ্যানেল থেকে মানুষজন এসেছিলেন বাড়িতে। এক ঝলমলে তরুণী রিপোর্টার আর তার সঙ্গী ছবি-তুলিয়ে ভদ্রলোক। পুজো মিটল, সাক্ষাৎকার আর সম্প্রচারের পালাও শেষ হল, এবার ভোগ আর প্রসাদ খাবার আনন্দ। তরুণী বললাম বটে, বাচ্চা মেয়েই সে। খুব জমিয়ে সব রকম প্রসাদ আর ভোগের পোলাও-তরকারি মজা করে খেল, ক্যামেরা গুটিয়ে রেখে ভদ্রলোকও তাই করলেন। হঠাৎ মার খেয়াল হল, ওদের সঙ্গে নিশ্চয়ই গাড়ির চালকও আছেন, পুজোর দিন প্রসাদ না-খেয়ে যাবেন, তাই কখনও হয়? তাই তো! ডাকা হোক তাহলে তাঁকে। তিনিও তো সারাদিন কাজে কাজে ঘুরছেন।

সপ্রতিভ তরুণী রিপোর্টার একফালি দ্বিধা নিয়ে বলল, 'আমি ফোন করে ডাকছি। কিন্তু হায়দরদা তো মুসলিম, প্রসাদ খাবে কি না জানি না।'

আমি নিজে সব উৎসব-ই আড্ডা আর খাওয়া দিয়ে বুঝি। তাই বললাম, 'আমি যদি ঈদের বিরিয়ানি আর বড়দিনের কেক খেতে পারি, উনিও নিশ্চয়ই লক্ষ্মীপুজোর ভোগ-প্রসাদ খেতে পারেন। একবার বলে দ্যাখো, না-চাইলে জোর করতে হবে না।'

জোর করতেও হল না। এক কথায় উপরে উঠে এলেন মাঝবয়সি হায়দরবাবু। দূর্বা যেমন

আন্তরিকভাবে সবরকম পুজোর খাবার থালায় সাজিয়ে নিয়ে এল, উনি ঠিক তেমনই তৃপ্তি নিয়ে আয়েস করে ভোগ আর প্রসাদ খেলেন। খাওয়াশেষে আমাদের সকলকে নমস্কার করে ফিরে গেলেন ডিউটিতে, আজ সারাদিন লক্ষ্মী'র দরজায় দরজায় ঘোরাই তাঁর কাজ।

দরজা সকলেরই থাকে। চৌকাঠটা উঁচু না করলেই হল। আজকের এই ঘটনা নিতান্তই সাধারণ, ফলাও করে বলবার মতো নয় মোটেই। তবু বলতে, ভাগ করে নিতে ইচ্ছে হল, কারণ চারপাশের নানান ছবি আমাদের অনেক সময় ভুল ভাবতে সাহায্য করে, বাধ্যও করে। কিন্তু চিরন্তন ভারতের, অকৃত্রিম বাংলার আসল ছবি এইটাই। আমাদের একফালি দ্বিধাগুলো অনেক সময় দীর্ঘ হতে হতে কাঁটাতারে বদলে যায়, ভ্রান্তির ইট গেঁথে গেঁথে দেওয়াল তুলতে বসি আমরা। ভুলে যাই, কেক, বিরিয়ানি আর ভোগ একই আগুনে তৈরি হয়।

আসলে কিন্তু কোনও দেওয়াল, কোনও কাঁটাতার কোথাও নেই, ছিল না কোনও দিন। এই দেশ সহাবস্থানের দেশ, এই মাটি সহিষ্ণুতার মাটি। যারা তা বিশ্বাস করে না, তাদেরও আমি মানুষ হিসেবে বিশ্বাস করি না। বহু তথাকথিত শিক্ষিত মানুষকে দেখেছি, কথার আড়াল থেকে অন্য ধর্মের মানুষের প্রতি বিদ্বেষ উঁকি মারে।

সম্প্রীতি আসলে শেখা যায় না, রক্তে থাকতে হয়। যেমন আছে হায়দরবাবুর। কোনও ডিগ্রি যা ওঁকে দিতে পারত না, জীবন সেটাই দিয়েছে। ঔদার্য। কৃতজ্ঞতা জানাই তাঁকে, আমাদের বাড়ির লক্ষ্মীপুজোকে সম্পূর্ণ করে দিয়ে যাওয়ার জন্যে। চকখড়ি দিয়ে আঁকা হলেও, লক্ষ্মী'র পায়ের ছাপ আজ দিব্যি কাঁটাতার পেরিয়ে গেল।

কলকাতা
২৬ অক্টোবর, ২০১৬

ঈশ্বরের জন্মদিন

‘ন থা কুছ তো খুদা থা, কুছ ন হোতা তো খুদা হোতা
ডুবোয়া মুঝ কো হোনে নে, ন হোতা ম্যায় তো ক্যা হোতা?’

বয়সের তুলনায় বড় এই প্রশ্ন এখন আমাকেও তো তাড়া করে রাতদিন। ভালো-না-লাগার এই অরণ্যে কাঠ কাটার ফিকিরে সেই যে আটকে পড়লাম, বেরোনোর পথ নেই আর।

কী হত এসব কিছুর কিচ্ছুটি না হলে?

হয়তো বা ভালোই হত। কিন্তু শেষমেশ ভালো যে হয়নি খুব একটা, সেই বিপত্তির গভীর জঙ্গলে আমার প্রয়োজন হয়ে পড়েছিল ঈশ্বরের। পেয়েওছিলাম তাঁকে।

আজ ভাবি, তাঁর খোঁজ না পেলে কী হত আমার? এই এত প্রশ্ন আর দ্বিধা নিয়ে কার দরবারে মাথা রাখতাম আমি? কোন গ্রন্থ বালিশের নীচে নিয়ে ঘুমোতে যেতাম এই ভেবে যে, কাল নিশ্চয়ই এই অরণ্যে এসে পড়বে রোদ?

ভাগ্যিস ছিলেন তিনি, আর ভাগ্যিস আছেন!

আজ তাঁরই জন্মদিন। আমার সবক’টা লেখার আঙুল যার কাছে বন্ধক রাখা, আমার একটিমাত্র তসবি যার নামের মুখাপেক্ষী, আমার সব গোপন কথার অদৃশ্য শ্রোতা যিনি, সেই ঈশ্বরের জন্মদিন আজ।

তিনি ছিলেন, তাই আছি। নইলে কী হত, কে জানে!
শুভ জন্মদিন আমার ঈশ্বর, মির্জা গালিব!

কলকাতা
২৭ ডিসেম্বর, ২০১৬

আতিথেয়তার ঐতিহ্য

এক দুপুরবেলায় হঠাৎ-ই হাজির হয়েছিলেন তিনি। তখন আমরা গড়িয়ায় ভাড়াবাড়িতে থাকি, সামনে একচিলতে বাগান। সপ্তাহের-ই দিন ছিল সেটা, কেননা মা-র গানের ক্লাস ছিল না সকালে। আমি যথারীতি কী একটা অজুহাতে স্কুল কামাই করে বারান্দায় খেলছি, বাবা অফিস যাবে বলে তৈরি হচ্ছে, এমন সময়ে বাগান পেরিয়ে হেঁটে আসতে দেখলাম সেই সুদর্শন দীর্ঘদেহী মানুষটিকে। একমুখ হাসি নিয়ে তিনি যখন আমাদের গ্রিলঘেরা বারান্দার দরজায় এসে দাঁড়িয়েছেন, আমি খেলা বন্ধ করে তাকিয়ে থেকেছি কেবল। যতক্ষণ না আদরের গলায় তিনি বলেছেন, 'বেটা, মা হ্যাঁয় ঘর মে?'

মা-র কাছে তখন অনেকেই আসেন নানা জায়গা থেকে, তাঁদের সকলকে আমার চেনবার কথা নয়। আর বয়স-ই বা কত হবে তখন আমার? ক্লাস ফাইভ হব-হব করছে।

মাকে ডেকে আনলাম বারান্দায়, আর তার পরের দৃশ্য দেখে থমকে দাঁড়িয়ে থাকলাম। ওই মানুষটিকে দেখার পর মা-র মুখে যে বিস্ময়ের আনন্দ দেখেছিলাম, তা যেমন ভুলতে পারিনি, তেমনই ভুলিনি গ্রিলের দরজার ওপারে দাঁড়িয়ে থাকা মানুষটির চোখে স্নেহের চমক আর দিলখোলা হেসে ওঠা। গ্রিলের দরজাটা হাট হতে মুহূর্তও লাগল না। আর তারপর মা কোনও মতে তাঁকে প্রণাম করার আগেই মাকে জড়িয়ে ধরে 'ক্যায়সি হো বহেন' বললেন তিনি।

বাড়িতে একটা উৎসব লেগে গেল সেই দুপুরে। বাবা অফিস যাওয়া মুলতুবি করল, মা

ভালো জর্দা দিয়ে যত্নে পান সাজতে বসে গেল। দেখতে দেখতে আমাদের ছোট্ট দু'কামরার ভাড়াবাড়িতে একটা আড্ডার মজলিস জমে উঠল। মা দেখলাম সেই রূপবান মানুষটিকে 'দাদা' বলেই সম্বোধন করছেন, আর খাস হিন্দি-বলিয়ে মানুষটি মা-র 'শ্রীলা' নামের বেশ জুতসই একখানা হিন্দি বিকল্প তৈরি করে নিয়েছেন। 'সুরিলা'। মাকে তিনি বরাবর ওই নামেই ডেকে গেলেন।

শোনা গেল, কলকাতায় এসেছিলেন কাজে, ফিরে যাবার আগে একবার পাতানো বোনের সঙ্গে দেখা করে যাবেন বলে ঠিকানা জোগাড় করে ঠিক পৌঁছে গেছেন। এর আগে মা যখন বম্বে (তখনকার নামটাই রাখলাম) গেছে, আরব সাগরের ধার ঘেঁষে দাঁড়িয়ে থাকা এই মানুষটির বাংলোতে সময় কাটিয়ে এসেছে। এবার তিনি আমাদের শহরে। সুতরাং, দেখা হতেই হয়!

দুপুরে খাবেন। মধ্যবিত্ত গেরস্থ বাঙালি বাড়িতে দুপুরে একজনের মতো বেশি খাবার থাকাটাই ছিল দস্তুর। যদি কোনও অতিথি এসে পড়েন? যা ছিল বাড়িতে, সেই সাদামাটা অন্নই এমন তৃপ্তি করে খেলেন মানুষটি, আমারও বাড়ির রান্না ভালো বলেই মনে হল। তারপর আড্ডায় আড্ডায় বিকেল গড়িয়ে সন্ধে। কেবল নানা মেহফিলের খুঁটিনাটি ঘটনা আর রাগ-রাগিণীর চলন। এই ছিল গোটা দুপুরের আড্ডার বিষয়।

সন্ধে হতেই মা-র ছাত্রছাত্রীরা হাজির। আমাদের অতিথি মা-র কাছে আবদার রাখলেন, যাবার আগে একটু গান শুনে যাবেন। বাঁধা হল তানপুরা। কী রাগ সেদিন শুনিয়েছিল মা, আমার মনে নেই, কিন্তু গানশেষে আরও একবার দাদা-বোনের আলিঙ্গনটা মনে আছে। এবার আর মা-র প্রণামে বাধা দিলেন না তিনি। দেখাদেখি লম্বা-চওড়া দু'পায়ের পাতায় ছোট্ট হাত ছোঁয়ালাম আমিও। কাছে টেনে নিয়ে অনেক আশীর্বাদ করলেন। তারপর সেদিনের শেষ এক খিলি পান মুখে পুরে বিদায় নিলেন আমাদের ছোট পাড়া থেকে।

অতিথি অচেনা হলেও তাঁর সামনে নাম জিগ্যেস করা মোটেই ভব্যতা নয়, এমনটা শেখানো হয়েছিল। তাই ওঁকে দরজা অব্দি এগিয়ে দিয়ে ফিরে আসার পর মাকে জিগ্যেস করলাম, 'এই মামুটার নাম কী?' মা-র দাদা, তাই আমিও একবেলায় মনে মনে মামু পাতিয়ে নিয়েছিলাম।

মা-র উত্তর ছিল, 'উস্তাদ হালিম জাফর খান। খুব বড় মাপের শিল্পী। বড় হয়ে ওঁর সেতার শুনবে।'

গতকাল যখন উস্তাদ হালিম জাফর খানের প্রয়াণসংবাদ পাচ্ছি, তখন আমি ফিরে গেছি ওই বহু পুরোনো দুপুরটায়, যার রোদ আজও ফিকে হয়নি এতটুকু। কে কত বড় শিল্পী, সে বিচারের জন্য সমঝদারেরা আছেন, সময় নিজে রয়েছে। কিন্তু আমাদের ওই অগোছালো, অতি সাধারণ দু'কামরার ভাড়াবাড়িতে অলৌকিক দুপুর সঙ্গে নিয়ে এসেছিলেন যে-মানুষটি, তাঁকে আমি ওই একদিনের সাহচর্যেই, শিল্পীর চাইতেও অনেক বেশি ক'রে মানুষ হিসেবে মনে রেখেছি। দিলখোলা হাসির ভণিতাহীন একজন মানুষ, দু'খিলি পান আর অল্পবিস্তর গান হলেই যাঁর আনন্দের সীমা থাকে না। সাদামাটা এই গেরস্থ দুপুরটার কথা তো শাস্ত্রীয় সংগীতের ইতিহাসে লেখা থাকবে না, কিন্তু আমাদের দেশের আত্মীয়তা, আতিথেয়তার ঐতিহ্যে এমন অনেক অনেক বাড়িতে বহু বহু দুপুর-সন্ধে-রাত অবিরত ঘটে গেছে এক সময়ে। আজ আর তারা আসে না।

এইসমস্ত মানুষজনের সঙ্গে গানবাজনারও কিছুটা অংশ কবরে যায়। কাল ভারতবর্ষের বাতাসে একটু হলেও কমে গেল সঙ্গীত। চলে গেলেন উস্তাদ হালিম জাফর খান সাহেব। আজ মনে হচ্ছে, আমাদের সেই একতলার বাড়ির গ্রিলের দরজাটা আসলে জাদু জানত। সেসব মহার্ঘ জাদুর দর্শকেরা আজ আর নেই কোথাও।

কলকাতা
৫ জানুয়ারি, ২০১৭

শেষ সম্পাদক

যে-ঘটনার কথা দিয়ে শুরু হতে চাইছে এ লেখা, সে একরকম আজকের দিনে অবিশ্বাস্যই। কেন বলছি এমন, তা ঘটনাটি শুনলেই বোঝা যাবে। উস্তাদ বিলায়েত খান সাহেবের কলকাতার বাড়িতে দুপুরের ভোজে নিমন্ত্রিত উস্তাদ আলি আকবর খান সাহেব। আগের সন্ধ্যাতেই এক আসরে উস্তাদ আলি আকবর খানের বাজনা ছিল, কনিষ্ঠ পুত্র হিদায়েতকে সঙ্গে করে সে-বাজনা শুনেও এসেছেন উস্তাদ বিলায়েত খান। সেই সান্ধ্য আসরের শেষেই পরদিন দুপুরের আড্ডা ও খাওয়াদাওয়ার পরিকল্পনা হয়েছে।

পরদিন, যাকে আদরের সম্ভাষণে 'বড়ে ভাই' বলে ডাকতেন উস্তাদ বিলায়েত খান, সেই উস্তাদ আলি আকবর খানের সঙ্গে যখন দ্বিপ্রাহরিক আড্ডা চলছে, তখন গত সন্ধ্যার বাজনার অন্যতম শ্রোতা, বিলায়েত-পুত্র হিদায়েত একবার মুখ খুললেন। উস্তাদ আলি আকবর খানের উদ্দেশে তিনি বললেন, 'গতকাল আপনি যে কী অসামান্য বাজনাটাই বাজিয়েছেন, আজ সকাল থেকে আমার তো যন্ত্রে হাত দিতেই ইচ্ছে করছে না।'

অগ্রজ শিল্পীর প্রতি অনুজ শিক্ষার্থীর এই মুগ্ধতা খুবই স্বাভাবিক। কিন্তু হিদায়েতের মুখে এ কথা শুনে এক মুহূর্তে ক্ষুব্ধ হয়ে উঠলেন পিতা উস্তাদ বিলায়েত খান। আড্ডায় উপস্থিত বাকিরা বেশ বিস্মিতই হলেন, যখন হিদায়েতকে রীতিমতো 'বদতমিজ' আখ্যা দিলেন বিলায়েত এবং তাঁকে হুকুম করলেন আলি আকবরের পা স্পর্শ করে ক্ষমা চাইতে।

হিদায়েত যেমন বুঝতে পারছেন না তাঁর কথায় কী গলদ ছিল, তেমন খোদ আলি

দীক্ষার পথ, যা একরকম দুর্গম ও প্রায় অনতিক্রম্যই। সে-পথের ও-প্রান্তে যারা পৌঁছন, আমার সামান্য মতে, তাঁরাই কেবল শিল্পী। অতএব এখানে, এই কিঞ্চিৎ উন্নাসিক উপপাদ্যের মূল সমীকরণ হিসেবে আমরা ফের মনে করে নিতে পারি জীবনানন্দকেই, যিনি লিখছেন, 'সকলেই কবি নয়, কেউ কেউ কবি'। অর্থাৎ, গণতন্ত্র এখানে খাটছে না।

তবে এ সংশয় জাগতেই পারে, যে-সমস্ত নবীন, শিল্পের কোনও না কোনও ধারায় নিষ্ঠা নিয়ে চর্চা করে যাচ্ছেন, যাঁরা আজ হয়তো শিক্ষানবিশ কিন্তু আগামীতে শিল্পী হয়ে ওঠার প্রতিশ্রুতি বা স্বপ্ন যাঁদের মধ্যে আছে, এই অগণতান্ত্রিক পরিসরে তাঁদের অধিকার কতখানি? নাকি এই শৈল্পিক চক্রব্যূহ তাদের ততদিন কোনও অধিকারই দেয় না যতদিন না তাঁরা প্রকৃত শিল্পী হয়ে ওঠেন?

এতখানি নির্মম বোধহয় শিল্প নিজেও নয়। একজন নবীনকে সে প্রথমেই যা তুলে দেয়, তা হল অনুধাবনের অধিকার। পূর্বসূরিদের সমস্ত কাজকে প্রত্যক্ষ ও আত্মস্থ করার অধিকার। এমনকী অনুগমনের অধিকারও অনেক পরে আসে বলেই মনে হয়। সুতরাং অগ্রজ শিল্পীর কাজের প্রতি মন্তব্যের অধিকার তৈরি হতে হতে লেগে যায় আরও অনেকখানি সময়। আর

এই কারণেই বাবার কাছে বকুনি খেয়েছিলেন হিদায়েত।

তাহলে ছুটে আসা দ্বিতীয় প্রশ্নটিও সহজেই অনুমান করে নিতে পারি, যা হল এই, বাক্‌স্বাধীনতার কী হবে এ ক্ষেত্রে? যে-পরিসর গণতন্ত্রকেই অস্বীকার করছে গোড়ায়, সেখানে বাক্‌স্বাধীনতা তো অলীক ধারণামাত্র, তাই নয় কি?

আর এইখানেই লুকিয়ে আছে দ্বন্দ্ব। খেয়াল করে দেখি যদি, 'স্বাধীনতা' শব্দটির মধ্যেও অস্তিত্ব আছে 'অধীনতা'-র। স্বাধীন সে-ই, যে স্ব-এর অধীন। যে নিজে নিজের নিয়ন্ত্রক। সুতরাং নিয়ন্ত্রণহীন স্বেচ্ছাচারকে স্বাধীনতা সমর্থন করছে না, তাই তো? শিল্পের বাইরেও নয়, ভিতরেও নয়। তাই কেবল অগ্রজ বা পূর্বসূরি কেন, সমসময় এবং অনুজদের প্রতি বাক্যনিক্ষেপের আগেও আমাকে ভেবে নিতে হবে তার যাথার্থ ও অভিঘাত। বাক্‌স্বাধীনতাকে সরিয়ে রাখতে হবে স্বেচ্ছাচার থেকে। কারণ স্বেচ্ছাচার যে পরাধীনতারই নামান্তর, তা ভুলে গেলে বিপদ আমাদেরই।

যে-বিন্দুর জন্য এই বিস্তৃত বৃত্তের আয়োজন, সেইখানে পৌঁছোই তবে এবার। ঐতিহ্যের প্রতি এই করুণ ধিক্কারের প্রকাশ যখন হয়ে চলেছে এদিক-ওদিক, তখন অনেকেই দোষ দিচ্ছেন সামাজিক গণমাধ্যমকে; কারণ এই মাধ্যমে মতপ্রকাশ করতে হলে কোনও সম্পাদকের টেবিল হয়ে যেতে হয় না। এর আগে পর্যন্ত লেখা ছিল হয় দৈনিক সংবাদপত্র নয় তো পত্রিকার পাতার জন্য, যে-সমস্ত ক্ষেত্রে লেখা আর তা প্রকাশের মধ্যে থেকে যাচ্ছে বেশ কয়েকটি ধাপ। আর সেগুলি থাকছে বলেই লেখকও তাঁর বিধি থেকে সরছেন না, সংযমকে ভাষা থেকে সরিয়ে দিচ্ছেন না দূরে। কিন্তু সামাজিক মাধ্যম যখন সম্পাদকীয় সেই প্রক্রিয়া মুছে ফেলে সকলেরই হাতে তুলে দিচ্ছে এক লহমায় অনেকের কাছে কথা নিয়ে পৌঁছে যাবার সুযোগ, তখনই ঘটছে এই ধরনের বিপত্তি।

আর এইখানেই এই যুক্তির সঙ্গে বিরোধ হচ্ছে আমার। সম্পাদক কি তাহলে চিরকাল একজন তৃতীয় ব্যক্তি, যাঁর উপর আমার প্রকাশের উচিত-অনুচিত নির্ভর করে আছে? তা যদি মেনে নিই তবে তো এ-ও মানতে হয় যে, মানুষ এতদিন নিজের ছদ্ম-প্রতিকৃতি তুলে ধরছিল নিজের লেখায়, তৃতীয় এক সম্পাদকের ভয়ে, যিনি লেখক আর পাঠকের মধ্যবর্তী সেতু। আজ সামাজিক গণমাধ্যমে সেই সম্পাদকীয় দফতর বিলুপ্ত হওয়ায় মানুষের আসল চেহারাখানা দেখা যাচ্ছে। এমনটাই তো মেনে নিতে হয় তাহলে, নয় কি?

কিন্তু যিনি সত্যিই শিল্পী, সম্পাদক গোড়া থেকে থাকেন তাঁর অন্তঃস্থলেই। সেই

সম্পাদকের অবস্থান বা অধিষ্ঠান বাহ্যিক নয়, আন্তরিক। নিজের প্রকাশের কতখানি প্রয়োজনীয় আর কোন অংশটি অতিরিক্ত, কতখানি শোভন আর কোন জায়গায় গিয়ে তা হয়ে ওঠে বিকৃতি, সে-বিচারের দায়ভারও বর্তায় সেই আন্তরিক সম্পাদকেরই উপর। আমরা যেন নিজেদের মধ্যে থেকে সেই সম্পাদকের অস্তিত্ব বাদ না দিয়ে ফেলি। নিজের প্রকাশকে অন্যের সমীপে আনার আগে তাকে যেন নিজের ভিতরকার সম্পাদকীয় দফতরের পরীক্ষার মধ্যে দিয়ে নিয়ে যেতে পারি। কারণ যখন সমস্ত বাহ্যিক আগল মুক্ত হয়ে যায়, তখন আন্তরিক এই শেষ সম্পাদক-ই আমাদের শৈল্পিক প্রকাশের ভরসা। তাকে বরখাস্ত করা বোধহয় দূরদর্শিতার কাজ হবে না।

কলকাতা
৭ জানুয়ারি, ২০১৭

কুচকাওয়াজের ২৬

'The time has come when badges of honour make our shame glaring in the incongruous context of humiliation– and I for my part– wish to stand– shorn– of all special distinctions– by the side of those of my countrymen who– for their so called insignificance– are liable to suffer degradation not fit for human beings.'

দীর্ঘ যে-চিঠির অংশ এটি, তা আমাদের অনেকেরই পড়া। ১৯১৫ সালের ৩০ মে, তৎকালীন ব্রিটিশ ভাইসরয় লর্ড চেমসফোর্ড-কে নাইট উপাধি গ্রহণে অপারগতা ও তার কারণ উল্লেখ করে এ-চিঠি লিখেছিলেন রবীন্দ্রনাথ। জালিয়ানওয়ালা বাগ হত্যাকাণ্ডের পর যে-ক্ষোভ আর মর্মপীড়ায় নিরন্তর অস্থির থাকছিলেন তিনি অন্তরে অন্তরে, এ-চিঠির প্রতি ছত্রে তার নিঃসংকোচ পরিচয় রাখা আছে।

এর ঠিক দু'বছর আগে পৃথিবীর দূরতম পাঠকও জেনে গেছেন রবীন্দ্রনাথের নাম, নোবেল-এর সুবাদে। বিভিন্ন দেশের নানা প্রান্তে যারা নিয়মিত রাখছিলেন তাঁর খবর, তাঁদের কাছেও এক লহমায় পৌঁছে গেছিল এই দৃপ্ত প্রত্যাখ্যানের অভিঘাত। আর পদানত ভারতবাসীর কাছে এ-সিদ্ধান্তের গুরুত্ব ছিল কতখানি, তা আলোচনার অতীত। মাঝেমধ্যে এ-দ্বন্দ্ব জাগাও বুঝি অলীক নয় যে, কোনটা আদতে ছিল বেশি সম্মানের — নোবেল পুরস্কার

গ্রহণ, নাকি নাইটহুড প্রত্যাখ্যান? পদলেহনের নির্লজ্জ অঙ্গীকারের দিনগুলিতে এমন ব্যতিক্রমই তো বরাবর আমাদের জোর হয়ে থাকে।

মুশকিল হল, ফিরিয়ে তো দিলেন উপাধি, কিন্তু ব্রিটিশ সরকারের নিয়মানুযায়ী নাইটহুড প্রত্যাখ্যান অযোগ্য। অর্থাৎ, তাঁরা প্রত্যাখ্যাত হবার কোনও সুযোগ রাখেননি। সেই হিসেবে দেখতে গেলে, উপাধিটি ভাসমান অবস্থায় রয়ে গেল। না তাকে মেনে নিলেন প্রাপক, না ফিরিয়ে নিলেন প্রদানকারী। অতএব, এই উপাধিকে ঘিরে রবীন্দ্রনাথের ক্ষোভ, বিতৃষ্ণা এবং অনমনীয় মনোভাবকে মর্যাদা জানালে অন্তত পক্ষে তাঁর নামের আগে 'স্যর' বিশেষণটি ব্যবহার করা যাবে না। তা ব্যবহার করলে সে হবে খোদ রবীন্দ্রনাথেরই বিরোধিতা। কেবল তা-ই নয়, যে-নারকীয় ঘটনার পরিপ্রেক্ষিতে এই সিদ্ধান্ত রবীন্দ্রনাথের, উপাধিটি ব্যবহার করতে চাইলে সেই ঘটনার প্রতি একরকম সহনশীলতাও দেখানো হয়ে যাবে না কি? যদিও

এ-কথা অনস্বীকার্য, আইনত বাধা দেওয়া যাবে না কেউ এমনটা করলে। তবে কিনা, মর্যাদা কবেই বা আইনের আওতায় পড়ে!

ভাবনা আমাদের অনেকের এরকমই বটে, যদিও রবীন্দ্রনাথের জীবৎকালে এক- দু'বার তাঁর নামের আগে প্রত্যাখ্যাত বিশেষণটি বসতে দেখা গিয়েছিল। শিরোপা বড় নাছোড়বান্দা পাখি। ঘর তাকে উড়িয়ে দিলেও বাহির তাকে ফিরিয়ে আনতে চায়।

সে নয় গেল অনেক কালের কথা। গতকাল বইয়ের দোকানে হঠাৎ চোখে পড়ল দিব্যি একখানা বই—'Great Stories By Nobel Prize Winners'। স্বাভাবিকভাবে, লেখক-তালিকাই আগে খুঁজতে চাইবেন পাঠক। আমিও সেইমতো মলাট ওল্টাতেই পেয়ে গেলাম একগুচ্ছ অনপনেয় নাম। আর দেখতে পেলাম, দিকপাল সব লেখকদের ভিড়ে জ্বলজ্বল করছেন 'Sir Rabindranath Tagore'।

রবীন্দ্রনাথের নাম এভাবে আগে কখনও চোখে পড়েনি আমার, পড়ার কথাও নয়। সন্দেহ হল। নির্ঘাত ব্রিটিশ প্রকাশক? নামগুচ্ছের কিছু নীচে দেখি, আমার সন্দেহকে লজ্জায় আরও রাঙা করে ছাপার অক্ষরে লেখা আছে প্রকাশকের নাম। খোদ 'রূপা' দিল্লি থেকে প্রকাশ করেছেন এই বই। ভিতরে নিশ্চয়ই সম্পাদক বা সংকলকের নাম থাকবে, কিন্তু উলটে দেখতে ইচ্ছে হল না আর। এই প্রথম, রবীন্দ্রনাথের নাম দেখে গর্বের বদলে লজ্জা হল। লজ্জা হল নিজেদের প্রকৃত পরিণতির সামনে দাঁড়িয়ে।

নাহ্, আইনত অসুবিধে নেই কোথাও। কিন্তু দেশজ ইতিহাসের ধারার প্রতি একরকম অসঙ্গতি তৈরি করা হল না কি? যে-শিরোপা চরম ক্ষোভের সঙ্গে ফিরিয়ে দিয়েছিলেন তিনি, তাকে ফের তাঁর নামের আগে জুড়ে দিয়ে কার কাছে উঁচু হতে চাইছি আমরা? নাকি ভুলে যেতে চাইছি আমাদের প্রত্যাখ্যানের ঐতিহ্য, বিস্মৃত হতে চাইছি আমাদের অস্বীকারের অহংকার? রাজদণ্ডের হাতবদল হলেই মানদণ্ড বদলায় না। মনে মনে আমরা বোধহয় অনেকেই আজও প্রজা থেকে গেছি, প্রজা হয়েই বাঁচতে চাই অনেকে। কুচকাওয়াজের ২৬ জানুয়ারি যদিও এসব প্রশ্ন তুলতে দেয় না। রাজপথ সেজে ওঠে। স্বাধীনতায় নয়। বদান্যতায়।

কলকাতা
২৬ জানুয়ারি, ২০১৭

অন্য একটি পাখি

‘আমার অন্য একটি পাখি / কেবল আড়াল করে রাখি’—লিখেছিলেন শঙ্খ ঘোষ। আমার তেমনি এক আড়াল করে রাখা পাখিকে আজ বাইরে আনলাম। KLM-এর তরফে মালা যখন বলেছিল, জাভেদ সাহাব-এর সঙ্গে এক মঞ্চে পড়তে হবে, আমি পালাইনি। রাজি হয়েছিলাম। আর ভেবেছিলাম, দস্তুরমতো মুশায়েরা তো হয় না কলকাতায়, হবার তেমন কথাও নয়, তাই এই বিরল অবকাশেই আমার ভাঙাচোরা উর্দু গজলদের সামনে নিয়ে আসব একবার। উর্দুর প্রতি টান থেকেই ক্রমাগত লিখে যাওয়া, ছাপাইনি কখনও, পড়িওনি কোথাও। আর আজ যখন শেষমেশ আড় ভেঙে তাদের সঙ্গে নিয়ে মঞ্চে উঠলাম, তখন সামনে অসংখ্য শ্রোতা, পাশে খোদ শ্রী জাভেদ আখতার। বাড়ির বাগানে ক্রিকেট খেলার পর প্রথম বড় ম্যাচে ভিভ রিচার্ডস-এর সঙ্গে জোট। কিন্তু এই কারণেই ভিভিয়ান রিচার্ডস-রা বড় খেলোয়াড় হন। আমার সঙ্গে ওঁর পরিচয় থাকলেও, লেখা তো আগে শোনেননি আমার, কিন্তু যেভাবে প্রশ্রয় দিলেন, যেভাবে একজন অর্বাচীন অনুজকে কথায়-হাসিতে-চাহনিতে আরাম-পাড়ায় নিয়ে গেলেন, তা শেখবার।

অনেক প্রিয় মানুষ আজ নানা কারণে এসে উঠতে পারেননি, এ যেমন ঠিক, তেমনই দূরদূরান্তের বহু মানুষ কেবল এই একঘণ্টার সাক্ষী থাকতে সব কাজ ফেলে ছুটে এসেছেন। এঁরাও তো আমারই সঙ্গী। দূর্বা আর আত্মীয়স্বজনরা যেমন উৎসাহ নিয়ে আগেভাগে পৌঁছেছেন, তেমনই আমার ভালো-মন্দের সাক্ষী, এত বছরের নাছোড়বান্দা এবং হাতে-গোনা

বন্ধুরা ছুটে এসেছে, যারা আর কোনও দিন আমাকে ছেড়ে যাবে না। এসব সন্ধে অনেকদিন মনে থেকে যাবার জন্যে নেমে আসে।

কেবল সেই ছেলেটি, যাকে আমি আমার প্রথম উর্দু লেখাগুলো শোনাতাম, যে-ছিল আমার প্রথম সমালোচক আর অনুরাগী, সে আসেনি। আর আসেনি নানা অনুষ্ঠানে হাসিমুখে আমার ঝোলা কাঁধে ঘুরে বেড়ানো এক রূপবান তরুণ, যে গজল না বুঝলেও, আমাকে বুঝত। সেই অনেক দূর থেকে আমার ছোট দুই ভাই আজ আর এসে উঠতে পারেনি। ভিড়ের মধ্যেও দুটো আসন খালি ছিল তাই। আমার মনের মধ্যেও যেমন খালি হয়ে আছে দুটো বসার জায়গা। যাক গে। এই সন্ধের খবর নিয়ে একদিন আমিই তো পৌঁছব তাদের কাছে। ততদিন নাহয় সন্ধেগুলো অসম্পূর্ণই থাকল...

কলকাতা
২৭ জানুয়ারি, ২০১৭

হলদে চাঁদের সন্ধেবেলা

এক অনুষ্ঠান থেকে আরেক অনুষ্ঠানে যাওয়ার মাঝখানে কুড়িয়ে পাওয়া গেল বেশ কিছুক্ষণ সময়। বিকেল থেকে সন্ধে হয়ে আসছে তখন, আর তারও বাইরের বৃত্তে, শীত থেকে ঘনিয়ে আসছে গ্রীষ্ম। বাড়তি এই সময়খানা নিয়ে কী করি, রাস্তায় নেমে এ-কথা ভাবতে ভাবতে মনে পড়ল পুরোনো সেই অভ্যেসের কথা।

হাঁটা। চেনা-আধচেনা-অচেনা রাস্তা ধরে গন্তব্যহীন হাঁটতে থাকা। স্কুলের শেষ দিক থেকে শুরু হয়েছিল এই নেশা; কলেজ পার করে একটানা উপার্জনহীন দিনকাল ও তারপর নানাবিধ চাকরির বাধ্যবাধকতার একপেশে দিনগুলোতেও হাঁটার এই নেশা আমাকে ছেড়ে যায়নি।

তাহলে হঠাৎ সময় কুড়িয়ে পেয়ে ভাবতে হল কেন তার ব্যবহার নিয়ে? কেননা, সত্যি বলতে কী, কেবল হাঁটার জন্যেই হাঁটা আর হয় না অনেকদিন। ঘরকুনো হয়ে গেছি যেমন বড় বেশি, তেমনই ঘরেই ডেকে নিয়েছি অধিকাংশ কাজকে। তাই সন্ধেবেলা মুড়ি খেতে বেরিয়ে যোধপুর পার্কের গলি ধরে নিয়মমাফিক হাঁটার বাইরে, হাঁটা ইদানীং আর হয় না তেমন।

‘গন্তব্যহীন’ শব্দটা ব্যবহার করলাম বটে, কিন্তু যাওয়ার তো সত্যিই আছে কোথাও। পরবর্তী সেই অনুষ্ঠানের ঠিকানা হো চি মিন সরণি, সাড়ে সাতটার কিছু আগে সেখানে হাজির হলেই চলবে। এদিকে পৌনে ছ'টা নাগাদ খালি হয়ে গেলাম বালিগঞ্জ সার্কুলার রোডে,

যে-রাস্তা আমার বহু বহু বছরের প্রিয়। হাঁটা যাক তবে, এই ভেবে যখন পা চালালাম বেকবাগানের দিকে, শান্ত এক হাওয়া তখন বইছে চারপাশে। সামান্য শীতল যেন, যার মধ্যে উষ্ণতাও আছে বইকি।

এই কি তাহলে বসন্তের সেই বিখ্যাত হাওয়া? সে এখনও আসে কলকাতায়?

কিছুদিন আগেই এক বন্ধুর কাছে আক্ষেপ করছিলাম এই বলে যে, আমাদের কম বয়েসের মতো দাপুটে বসন্ত আজকাল আর আসে না। সময় কি পাল্টে গেল তবে এতটাই?

কিছুক্ষণ সময় নিয়ে সে আমাকে ভেবে দেখতে বলেছিল, আমরা নিজেরাই অনেকখানি পাল্টে গেছি কিনা। এই দ্বিমুখী ধাঁধার কোনও সমাধান হয় না, জানি আমি। তাই আজ যখন শিরশিরে সেই হাওয়ার অনুরোধে ঝোলা থেকে হালকা চাদরটা বার করে ফতুয়ার ওপর চাপিয়ে নিতে হল, পুরনো অনেক স্মৃতি চাদরের সঙ্গে সঙ্গে বেরিয়ে এল ঝোলা থেকে। একা একা হেঁটে যাওয়ার সেইসব অসংখ্য স্মৃতি পায়ে জড়িয়েই হাঁটা শুরু করলাম।

বালিগঞ্জ সার্কুলার রোডের মাঝামাঝি থেকে বেকবাগান পৌঁছে দেখলাম, অন্ধকার এর মধ্যেই নেমে এসেছে। ক্যামাক স্ট্রিট ধরে হাঁটতে ভারী ইচ্ছে করছে, কিন্তু তাহলে হাঁটার ক্ষমতা বাঁচিয়ে আগের এই পথটুকু বাসে চড়ে নিলে ভালো। সেইমতো উঠে পড়লাম ২২৩-এ। মিন্টো পার্কে বাস থামিয়ে দৌড়ে উঠে পড়ল কলকল করা বাইশ-তেইশের ছেলেমেয়ের দল। আমি ওদের মধ্যে নিজেকে আর নিজের বন্ধুবান্ধবীদের দেখতে পেয়ে মুখ ঘুরিয়ে নিলাম। কুড়ি বছর আগের আমরা তো আজকের আমাদের চিনতাম না মোটেই, তাই না?

সামনের বাসকে পিছনে ফেলার দুরাশায় এই ২২৩ আমাকে নিয়ে গিয়ে নামাল লর্ড সিনহা রোডের মুখটায়। তাতে অসুবিধে আমার কিছু নেই। যে-কোনও রাস্তায় মুখ ডুবিয়ে ঢুকে পড়লেই হল। এক সন্ধে বেঁচে নেওয়ার পুরনো গন্ধ নিতে নিয়ম লাগে না। লর্ড সিনহা রোডের আলো ঝলমল দোকানপাট পেরিয়ে যেতে যেতে কলেজের দিনগুলোই মনে পড়ছিল। ভেঙে যাওয়া প্রেম, ছেড়ে যাওয়া বন্ধু, ফিরে যাওয়া কবিতার যন্ত্রণা নিয়ে তখন কত কত দিন নিজের সঙ্গে কথা বলতে বলতে নেশাগ্রস্তের মতোই হেঁটে গেছি এসব অঞ্চলের রাস্তা দিয়ে।

আজ যখন ছেড়ে যাওয়ার মতো বন্ধুই বড় কম আর আমাকেই বারবার ফিরে যেতে হয় কবিতার কাছে, তখন মনে হয়, এই এত এত বছর ধরে কলকাতার বুকে হাঁটতে হাঁটতে

নিজের থেকেই কি অনেকটা দূরে চলে এলাম তাহলে? প্রত্যেকটা বাস স্টপে, প্রত্যেকটা অটো স্ট্যান্ডে, প্রত্যেকটা মেট্রো স্টেশনে একেক সময়ের একেকজন 'আমি'-কে অপেক্ষা করতে বলে নিজেই কি আর ফিরলাম না তাদের কারও কাছে? তারা কি তাহলে নিজেদের মধ্যে দেখা করেছে কোথাও? জোট বেঁধেছে নিজেদের মতো? নাকি অপেক্ষা তাদের হারিয়ে দিয়েছে এতদিনে? সত্যিই বলেছিল তবে আমার বন্ধু। পাল্টে তো গেছি নিজেই, বসন্তকে দোষ দিই কোন মুখে?

তবু, একা একা বিরামহীন হেঁটে চলবার যে-অদম্য নেশা, সময়ের মারপ্যাঁচ তাকে আমার অন্তর থেকে বিচ্ছিন্ন করতে পারেনি। কলকাতা শহরের পিচ রাস্তা আর ফুটপাথের হাতে হাতে নিজেকে বারবার বিলিয়ে দেওয়ার যে-পরিপূর্ণ নিঃস্বতা, তার প্রলোভন আজও আমাকে ঘুরিয়ে মারে। আর, ভাবি আমি মুখ নামিয়ে হেঁটে যেতে যেতেই, একাই কি হয়ে যেতে চাইনি এভাবে? নিজেই কি নিজেকে টেনে নিইনি সব আয়োজনের আড়ালে, বারবার? এত পোশাকি আড়ম্বরের অছিলার মধ্যে নইলে এই একলা হাঁটার খুচরো ফুরসত কি এভাবে আমায় খুশি করে দিতে পারত আজ? মাথার মধ্যে ঘুরপাক খাচ্ছিল শঙ্খবাবুর সেই পঙক্তি — 'আমার জন্য নির্ধারিত পথ রাখেনি কেউ / আমার পথেও চাই না আমি কাউকে'। এ-কথা

বলা একরকম আয়াসহীন হলেও, এমন যাপন ভারী দুষ্কর। কিন্তু এই যে বহু বহু বছর পর এক সন্ধের একার আসর, তা থেকে কেউ আমাকে বঞ্চিত করতে পারবে না।

এই সমস্ত আগলহীন ভাবনা পেরিয়ে যখন পায়ে পায়ে থিয়েটার রোডের মুখে এসে দাঁড়িয়েছি রাস্তা পার হব ব'লে, দেখি চিরধাবমান ট্র্যাফিক-জোনাকির অনেক উপরে, হোটেল কেনিলওয়ার্থের টং ছাড়িয়ে ঝুলে আছে গোল এক চাঁদ। সন্তর্পণে সে কখন ছাদ ছেড়ে উঠে পড়েছে শূন্যে, আর এই শেষ শীতে তার ক্ষয়াটে হলদে রং মনে পড়িয়ে দিতে চাইছে বহু ব্যর্থতার বিমর্ষতাকে।

এমনটাই হয়তো ধারণা হয়ে থেকে যেত শেষ অব্দি, যদি-না আমার চোখে পড়ত ওই গোলাকার চাঁদের কয়েক ইঞ্চি নীচে ঠিক একই আকৃতি ও মাপের আরেক পিঙ্গল গোলক। খরস্রোতা গাড়িপ্রবাহের মাথায় আটকে থাকা ট্র্যাফিক সিগন্যাল, যা তখন, ঠিক ওই চাঁদের রঙে রং মিলিয়েই, ক্ষীণ ও ম্রিয়মাণ হলুদ হয়ে আছে। সত্যজিৎ রায়ের 'আগন্তুক' নামক ছোটগল্পে চাকতির সঙ্গে চাকতি মিলে যাওয়ার যে-ম্যাজিকের কথা লেখা ছিল, এ-ও ঠিক সেই ভেলকি যেন। একেবারে এক রং, এক আকৃতি ও এক মাপের দুই গোলক উপর নিচে বিরাজমান। তাদের মধ্যেকার দূরত্ব একইসঙ্গে সামান্য ও বিশাল।

একবার মনে হল, বেশ দৃশ্য, ছবি তুলে রাখি একখানা। কিন্তু সেলফোন বার করেও পকেটে ফিরিয়ে রাখলাম এই ভেবে যে, মুহূর্তকে বন্দি করার এই সহজলভ্যতার অমর্যাদা থেকে আজকের একার সন্ধেটুকু দূরে রাখাই ভালো।

কেবল রাস্তা পার হয়ে লিটল রাসেল স্ট্রিট ধরে হেঁটে যেতে যেতে একবার মনে হল, তবে কি চাঁদও আদতে কোনও সংকেত, নীচের ওই নির্দেশক বাতির মতোই? সে-ও কি তবে না-থেমে, চারপাশ খেয়াল রেখে এগিয়েই যেতে বলছে? হবেও বা। বসন্তের নাগরিক-ভিড়ে মিলিয়ে যেতে যেতে নিজের আজকের চেহারাটা দেখে রাখলাম একবার, স্থিতধী এক গাড়ির আয়নায়। এই 'আমি'কেও তো আমায় ছেড়ে যেতে হবে একদিন, এমনই কোনও হলদে চাঁদের সন্ধেবেলা, পথের ধারে। তারপর তার সঙ্গে আর দেখা হবে না। কোনও দিন।

কলকাতা
১১ ফেব্রুয়ারি, ২০১৭

রাস্তাই একমাত্র রাস্তা

'রাস্তাই একমাত্র রাস্তা'—এমন এক কথা যখন লিখেছিলেন সুভাষ মুখোপাধ্যায়, তখন যে সে-কথা কখনও অন্য অর্থও ধারণ করতে পারে, তা-ও নিশ্চয়ই ভাবনায় ছিল তাঁর? নইলে যখন সল্ট লেক-এ একের পর এক চৌমাথার ধাঁধা পেরিয়ে খুঁজে চলেছি আরেক কবির ঠিকানা, এই কথাটাই কেন মাথায় এল আমার? অবশ্য সঙ্গে তাঁর বুঝিয়ে দেওয়া হদিশখানা ছিল বলেই খুঁজে পেতে বেশি দেরি হল না তেমন। প্রায় সন্ধে নেমে আসছে যখন, এক যুগেরও অনেক বেশি সময় পরে আমি গিয়ে দাঁড়ালাম জয় গোস্বামীর দরজার সামনে।

'বাড়িতেই এসো, জ্বর চলছে আমার'– আগের দিনই ফোনে লিখে পাঠিয়েছিলেন। সেইমতো যাওয়া। কারণ অবশ্য খুবই সামান্য। 'গালিবনামা' নামের একখানা অ্যালবাম প্রকাশ পেয়েছে সদ্য, যেখানে শুভমিতার পাশাপাশি আমিও জড়িয়ে আছি কিছুটা, সেইটা তাঁর হাতে পৌঁছে দেব বলে।

অনুভূতি কিছুটা মিশ্রই। একদিকে যেমন নিজের প্রয়াস একজন সত্যিকারের শিল্পী'র কাছে রেখে আসার প্রলোভন, আরেকদিকে তেমনই সেই কাজের মধ্যে লুকিয়ে থাকা নিজের দৈন্য ধরা পড়বার লজ্জা। সেইরকমই বোধ হচ্ছিল খানিকটা, যখন হাতে নিয়ে অ্যালবামটি খুঁটিয়ে দেখছিলেন জয়দা। জ্বরের কারণে বেশ কাহিল-ই দেখাচ্ছে তাঁকে, এই শেষ-বসন্তেও শীতপোশাক পরে আছেন তাই। কিন্তু নতুনদের কাজ হাতে নেবার যে-দীপ্তি একজন পরিপূর্ণ

ও উত্তীর্ণ শিল্পীর মুখে ফুটে ওঠে, তার খামতি ছিল না কোথাও।

'উলহাস কোশলকর-এর কাছে তালিম নেন তো, শুভমিতা?'

গানবাজনার জগতের প্রায় সব খবর-ই যে তিনি রাখেন, এতে আমি অন্তত আশ্চর্য হই না এখন। কিন্তু প্রশ্নের উত্তরে আমি যখন তাঁকে জানালাম যে শুভমিতা নিয়মিত তালিম নিতেন, যদ্দিন না কলকাতা ছেড়ে চলে গিয়েছেন পণ্ডিতজি, তখন তিনি অবাক হয়ে তাকালেন মুখ তুলে। মুখের দিকে তাকিয়ে অবশ্য বুঝতে পারলাম, তার অভিব্যক্তি আহতের।

'চলে গেছেন কলকাতা ছেড়ে?' কাতরভাবেই প্রশ্ন করলেন জয়দা।

এ-খবর তাঁর কাছে ছিল না। তখন তাঁকে জানালাম, সংগীত রিসার্চ আকাদেমি-তে নিজের শিক্ষাদান পর্ব সম্পূর্ণ করে তবেই গিয়েছেন উলহাসজি। তাঁর আদি বাড়ি তো পুণেতে, সেখানেই ফিরে গিয়েছেন।

অন্য দিকে তাকিয়ে থাকলেন চুপ করে, বেশ কিছুক্ষণ জয়দা। শ্রোতা জয় গোস্বামী, হিন্দুস্তানি শাস্ত্রীয় সংগীত যার রসদ আহরণের অন্যতম ক্ষেত্র। সেই নিস্তব্ধতার অবকাশে আমারও মনে পড়ে গেল, জয়দার সেন্ট্রাল পার্কের বাড়িতে প্রথম শুনি উলহাস কোশলকরজির গান, ক্যাসেট থেকে। কী যে অনায়াস আনন্দ খেলা করতে থাকে গোয়ালিয়র-জয়পুর ঘরানার এই শিল্পীর গায়কী-তে, সে নিয়ে সকালের পর সকাল কেটে গিয়েছে আমার, নিবিড় শ্রোতা জয় গোস্বামীর সঙ্গেই। আর আজ এত বছর পর একেবারে অন্য এক ঠিকানায় সন্ধেবেলা এসে তাঁর কাছেই পৌঁছোলাম যখন, দুজনের মধ্যে এসে দাঁড়ালেন সেই এক-ই শিল্পী। উলহাস কোশলকর। তবে এবার সে এসে-দাঁড়ানোয় বিষাদের ভাগ বেশি।

'অসবর্ণ বিবাহ জানো তো? শাস্ত্রে মানে না। কিন্তু কত অসবর্ণ বিবাহের পর দম্পতিরা সুখে ঘরকন্না করে, দ্যাখোনি?'

কিছুক্ষণ পর মুখ তুলে এ-কথাই প্রথম বললেন জয়। মাঝখানের নীরবতায় কি তবে অনেক দূরের কোনও বিষয়ে চলে গেলেন?

'সেইরকম উলহাস কোশলকরও বহু রাগের অসবর্ণ কিন্তু সফল বিবাহ করিয়েছেন। যেমন ধরো যোগ আর বাহার। ভাবা যায়? কিন্তু যোগবাহার গাইছেন যখন, কোথাও দুই রাগের মধ্যে কোনও বিরোধ নেই। কেদার আর বসন্ত। ভাবতে পারছ? কিন্তু শোনো ওঁর গাওয়া বসন্তী কেদার, দেখবে, সুখের সংসার। উনি এইসব করতেন। অনায়াসে। আর কী

মজার সব রাস্তা থাকত ওঁর গানে, আহা! চলে গেলেন কলকাতা ছেড়ে তাহলে?’

একটানা কথাগুলো বলে চুপ করে থাকলেন ফের জয়দা। এইটাই ওঁর বলবার ধরন, যা আমার চেনা।

আমিও চুপ করে আছি তখন। কিন্তু এতগুলো শব্দের মধ্যে একখানা শব্দ বেজে চলেছে কানে। রাস্তা। শিল্পের বিরাটত্বের কাছে যে-কোনও শিল্পীই আদতে এতখানি নগণ্য, সারাজীবনের সাধনা আর খোঁজের পরও শিল্পের সব রাস্তা তার দেখা হয়ে ওঠে না। কিন্তু ওই বিশালত্বের অন্তহীনতার মধ্যে হাঁটতে হাঁটতে কখন যে তার চোখে পড়ে যাবে অব্যবহৃত একখানা রাস্তা, তা সে নিজেও জানে না!

আমার তখন মনে পড়ে যাচ্ছে এক ঘরোয়া প্রশ্নোত্তর পর্ব, যেখানে এক শ্রোতার প্রশ্নের উত্তরে পণ্ডিত রাজন মিশ্র বলছেন, ‘ইমন, মালকোষ, দরবারি কানাড়া বা ভূপালী — এরা সব এত বিশাল বিশাল রাগ, এদের ব্যাপ্তি অশেষ। অসংখ্য গুণী শিল্পী এইসব রাগের মধ্যে

তলিয়ে গেছেন একের পর এক, এরা কিন্তু হাজার হাজার বছর ধরে একইরকম কায়েম আছে। আরে ভাই, ইয়ামন কা গান্ধার লগ যায়ে, ইয়া তোড়ী কা ঋষভ লগ যায়ে, তো সমঝ লো কে জীবন থোড়া সফল হো রাহা হ্যায়'... আর সেখানেও, কী আশ্চর্য, টেনে আনছেন সেই রাস্তার প্রসঙ্গ। বলছেন, 'বচপন সে মালকঁওস গাতে আ রহে হ্যাঁয়। লেকিন একদিন গাতে গাতে লগা কে অরে, ইয়ে রাস্তা তো হমনে কভি দেখা হি নহি!'

অতিপরিচিতের মধ্যেও এই যে নতুন পথের সন্ধান পাবার বিস্ময়, তার চাইতে বেশি কী-বা চাওয়ার থাকতে পারে এক শিল্পীর? সেই অন্বেষণই কি তাঁর শ্রেষ্ঠ জ্বালানি নয়?

বছর দেড়েক আগেই সামনে বসে মিশ্র কাফির বন্দিশ শুনেছিলাম উলহাসজির গলায়। নানা আসরে নানা গুণী শিল্পীর কণ্ঠে বা হাতে এ রাগ তো কিছু কম শুনিনি। কিন্তু সেইদিন চমকে উঠেছিলাম বেশ কয়েকবার, যখন চেনা পর্দাগুলো সরিয়ে উঁকি দিচ্ছিল একেবারে অচেনা রাস্তার বাঁক। আর কী অনায়াসেই না সেসব রাস্তায় হেঁটে আসছিলেন উলহাস কোশলকর। মনে পড়ে যাচ্ছিল সে-কথাও। কাবেরীদি চা নিয়ে ঢুকলেন বলে আমাদের সম্বিৎ ফিরল খানিক।

আমার লেখার প্রসঙ্গ না এসে পড়ে — এই ভয় যখন পাচ্ছি, কেননা অ্যালবামের সঙ্গে সঙ্গে কবিতার বইও জয়দাকে দিয়েছি একখানা, তখনই ঘটল তা। আমার নানা লেখা যে উনি আগ্রহ নিয়ে পড়েন এখনও, বললেন আমাকে সে-কথা। বিনিময়ে আমি স্বীকার করলাম সভয়ে যে, গত পঁচিশ বছর ধরে নিজের একখানা রাস্তা খুঁজে পাবার চেষ্টাই করে চলেছি কেবল, পাইনি আজও। করেই নিলাম স্বীকার, কেননা, জয়ের মতো পাঠক পাওয়াও দুষ্কর। যিনি দক্ষ চিকিৎসকের মতোই নাড়ি ধরে বলে দিতে পারেন রোগের গতিবিধি। ডাক্তারের সামনে রোগীর যেমন কিছু লুকোলে চলে না, সত্যিকারের কবির সামনে এসে একজন শব্দশ্রমিকেরও গোপন করবার কিছু নেই। কেননা তার লেখাই বলে দেবে তার বিপুল পরিমাণ ব্যর্থতার কথা। তার চেয়ে আগেভাগে নিজমুখে তা স্বীকার করে নেওয়াই শ্রেয়।

এর উত্তরেও বললেন না কিছু। বদলে প্রসঙ্গ ঘুরে গেল অন্য অন্য দিকে, যখন সন্ধে নেমে আসতে লাগল বাইরের বাগানে, বসন্তের বাতাস আর কাকেদের ডাক নিয়ে।

খেয়াল করলাম কিছুক্ষণ পর, কথায় কথায় অনেকখানি সময় নিয়ে নিয়েছি ওঁর। এবারে ওঠা উচিত। সঙ্গে করে এনেছিলাম ওঁর নতুন বইখানা, 'সপাং সপাং'। সেইটা স্বাক্ষর করে দেবার জন্য এগিয়ে দিতে, বইয়ের প্রথম পাতাটায় কলম নামিয়ে চুপ করে বসে থাকলেন

কিছুক্ষণ। দৃষ্টি সামনের খোলা পাতার দিকেই, কিন্তু হয়তো-বা দেখছেন বহু দূরেই। তারপর সন্ধের মতোই এক কণ্ঠস্বরে বলে উঠলেন, 'তুমিও রাস্তা খুঁজছ, আমিও রাস্তা খুঁজছি'।

বাইরে বেরিয়ে দেখি অন্ধকার। কোন দিক দিয়ে যেন ফিরতে হবে? ঠাহর করতে পারছি না আর। কেবল মনে হচ্ছে সেই কথা, যা উনি শেষে বলে উঠলেন। এত এত সার্থক কাব্যগ্রন্থের রচয়িতা যখন বলছেন এ-কথা, তখন আমার মতো, আমাদের মতো হাল ভেঙে দিশা হারানো নাবিকদের ভবিতব্য কী? তারপর মনে হল, অন্ধকারে ফিরতে ফিরতেই মনে হল, কবিতার মতো প্রাচীন আর অন্তহীন এক শিল্পের মহারণ্যে খুঁজে চলা ছাড়া আর তো কোনও উপায় নেই কারও। উত্তীর্ণ এক কবির কাজও তাই, অর্বাচীন শিক্ষানবিশের কাজও তাই। খুঁজে চলা। তারপর আরও খুঁজে চলা। তারপর আরও আরও।

কেননা, ওই যে, রাস্তাই একমাত্র রাস্তা!

কলকাতা
১ মার্চ, ২০১৭

হায় মিনিবাস...

সন্ধের মুখে একটা কাজ শেষ হয়েছে পার্ক স্ট্রিটে, এরপর গন্তব্য গলফ গ্রিন। স্বভাবতই, 'আনোয়ার শাহ—নিমতলা' মিনির চাইতে ভালো আর কিছু হতে পারে না। মিনিট পাঁচেক দাঁড়াতেই পেয়ে গেলাম একখানা, উপরি পাওনা জানলার ধারে সিট।

শেষ-বসন্তের হাওয়া যখন মুখে এসে বারবার ঝাপটা মারছে, তখন তারামণ্ডল স্টপেজ থেকে উঠলেন এক ভদ্রলোক, আমারই পাশে বসলেন। দেখে মনে হয় ষাট থেকে পঁয়ষট্টির মধ্যেই হবে বয়েস, বেশ ফুরফুরে মানুষ। নিজেই শুরু করলেন এ-কথা সে-কথা। মূলত আজকালকার ছেলেমেয়েদের স্বাস্থ্য সচেতনতা নিয়ে। এ-বিষয়ে আমার বিশেষ মুখ খোলা ঠিক নয় ভেবেই ওঁর হ্যাঁ-এ হ্যাঁ মিলিয়ে যাচ্ছিলাম নেহাত। হঠাৎ একটু থেমে, আমার দিকে একদফা ভাল করে তাকিয়ে বললেন, 'আচ্ছা, আপনাকে নিশ্চয়ই অনেকেই বলেছে যে, শ্রীজাতর সঙ্গে আপনার আশ্চর্য মিল?'

আমি ভাব পরিবর্তন না-করেই জানালাম, কেউ কেউ বলেছে বইকি।

ভদ্রলোক সে-কথা শুনে আরও জোর পেয়ে বললেন, 'এইরকম মিল কিন্তু চট করে দেখা যায় না। প্রায় হুবহু শ্রীজাতর মতো দেখতে মশাই!'

কথাটা যে মিথ্যে নয় তা আমি জানি, তাই মাথা নেড়ে সম্মতি জানালাম।

'আপনি পড়েছেন ওঁর লেখা?'

বলতেই হল যে শ্রীজাতর একটি লেখাও আমি পড়িনি। তবে আমার সঙ্গে আশ্চর্য মিলের

সূত্রে বারকয়েক তাঁর নাম শুনেছি বটে।

এরপর আবার নীরবতা। আমি প্রসঙ্গের বিপদ আঁচ করে জানলায় মাথা রেখে বাইরের দিকে তাকিয়ে থাকলাম। তার মধ্যেই শুনলাম ভদ্রলোক বারদুয়েক 'স্ট্রেঞ্জ' কথাটা বলে উঠলেন। এই অবিশ্বাস্য মিল ওঁর সহ্য না-হওয়ারই কথা। শেষমেশ থাকতে না-পেরে আমি কী করি, সেটাও জানতে চাইলেন।

জানালাম, চাঁদনিতে ইলেকট্রিক্যাল গুডস-এর দোকান আছে, পৈতৃক ব্যবসা।

ওঁর কাছে আমার সম্পূর্ণ অন্য একটা জীবন হয়তো গড়েই উঠত, যদি-না মিন্টো পার্কে নামতে হত ওঁকে। নিজের সম্পর্কে এই মুহূর্তসঞ্জাত তথ্য দিতে দিতে অবাক আমি নিজেও কিছু কম হচ্ছিলাম না এই ভেবে যে, আমার কাঁধে কাঁধ ঠেকিয়ে বসে থাকা একজন মানুষ কীভাবে আমাকে 'আমার মতো আরেকজন' ব'লে ভাবতে পারেন! তিনি আমার মুখ চেনেন যে, বোঝাই যাচ্ছে। কাগজে বা টেলিভিশনে দেখে থাকবেন নির্ঘাত। তাহলে আমাকে 'আমি' না-ভেবে 'অবিকল আমার মতো' ভাববার কষ্টকল্পনা করতে গেলেন কেন খামোকা?

নামার সময়ে নিজেই দিয়ে গেলেন এর উত্তর, 'বিশ্বাস করুন, মিনিবাসে দেখা না-হলে আপনাকে শ্রীজাত ব'লে ভুল করে ফেলতাম।' —আমাকে খানিক হতবাক করে রেখে নেমে গেলেন উনি।

এমন ঘটনা যে ঘটে না একেবারে, তা নয়। কিন্তু মজার ঘটনা মজাতেই শেষ হয়ে যায় সাধারণত। নিজের অজান্তে যে-মর্মান্তিক সত্যের সামনে ভদ্রলোক আমাকে রেখে গেলেন, তা ভাবতে কষ্টই হয় বইকি। অর্থাৎ অবিকল আমার মতোই আমার যে-চেহারা, তার চাইতেও আমার পরিচিতির বড় মাপকাঠি আসলে এই যে, সেই চেহারা কোথায় এবং কোন পরিস্থিতি দেখা যাচ্ছে।

আমার মুখের চাইতে মিনিবাসের সিট-ই বড় প্রমাণ। সে-ই তো বলে দিচ্ছে, যতই থাকুক অবিশ্বাস্য মিল, এ-লোক সে-লোক হতেই পারে না। কারণ তাঁকে নানা জায়গায় দেখা যায়, শোনা যায়, পড়া যায়। অতএব রোজকার গড়পড়তা জীবনে তিনি অদৃশ্য হয়েই থাকবেন। বা দৃশ্যমান হলেও এমন কোনও অবস্থানে, যা তথাকথিত 'সাধারণ' নয়। কই, পাঁচতারা হোটেলে ঢোকার সময়ে তো কেউ কোনও দিন বলেননি এ-কথা! ফ্লাইটে ওঠার সময়ে বলেননি তো কেউ! বলেননি মল থেকে কেনাকাটা সেরে বেরিয়ে আসার সময়ে। তাহলে মিনিবাসে কেন বলবেন?

উত্তরটা সহজ। যারা আমাকে কোনও না কোনওভাবে চেনেন, তাঁদের প্রত্যেকের কাছে হয়তো-বা আমার একটা আদল আছে, যার সঙ্গে মিনিবাসের মতো একটা স্বাভাবিক ব্যাপার খাপ খায় না। হয়তো ভদ্রলোকের দোষও নেই বিশেষ। আমিই তো দেখেছি কতজনকে, সামান্য পরিচিত তৈরি হবার সুবাদে যাঁরা স্বাভাবিক জীবনযাপন বর্জন করে রাতারাতি একেবারে অধরা একটা জীবনকে চারপাশে মুড়ে নিয়েছেন। সেই মোড়কের দায় আমাকেও টানতে হবে তাই।

হায় মিনিবাস, আমার বহু যামিনীবাসের সাক্ষী, আজ তোমার কাছে স্বয়ং আমার মুখও হেরে গেল।

কলকাতা
৩ মার্চ, ২০১৭

ভূপ

বেশ কিছু বছর আগেকার কথা, শিকাগো থেকে নিউ জার্সির দিকে চলেছি, হাইওয়ে ধরে। সম্ভবত সেপ্টেম্বর মাস, আকাশ কালো ক'রে বৃষ্টি নামল মাঝপথে। ওয়াইপার চলছে ব'লে সামনের পথ কিছুটা দেখা যাচ্ছে, বাকিটা জলের তোড়ে ঝাপসা। রাস্তার দু'ধারে গাছগুলো এলোমেলো দুলছে, সেটুকু টের পাচ্ছি। 'গান শোনা যাক' ব'লে আমার বন্ধু তার মিউজিক সিস্টেম অন করল। আর আমি শুনতে পেলাম ভূপ, 'সহেলা রে...' গাইছেন কিশোরী আমোনকর।

এই রাগ, এই বন্দিশ, এই গাওয়া আগেও কতবার শুনেছি। কিন্তু এভাবে শুনিনি। দেশ থেকে এত দূরে, এত এত দিন ধরে থাকবার পর, ওই প্রবল বৃষ্টির হাইওয়ের মধ্যে কিশোরী'জি যখন বারবার মুখড়ায় ফিরে এসে 'সহেলা রে...' ব'লে ডাক দিচ্ছেন, আমি সম্ভবত প্রথমবারের মতো তাঁর অন্তরের আর্তি শুনতে পাচ্ছি। শুনতে পাচ্ছি দূরে থাকার অসহায়তা, কাছে যাবার আকুতি। আর বৃষ্টির মতোই, বুক ঠেলে কী একটা উঠে আসতে চাইছে।

সেই কোন স্কুলজীবনে আমরা তিন বন্ধু রাত জেগেছিলাম, কেবল ভোরবেলায় ওঁকে শুনব ব'লে। আমি, শুভাশিস আর রুচিরা। এদিক-ওদিক বলেকয়ে তিনখানা টিকিট জোগাড় ক'রে রাত দশটা নাগাদ ঢুকে পড়া। ডোভার লেন মিউজিক কনফারেন্স তখন বিবেকানন্দ পার্কে। সে-রাতে শিল্পী-তালিকাও ছিল অবিশ্বাস্য। কিন্তু প্রথমবার কিশোরীজিকে সামনে থেকে শোনার যে-অভিজ্ঞতা সেদিন হয়েছিল, বহু বৃষ্টির তোড়েও তা ঝাপসা হবার নয়।

গেয়েছিলেন ললিত। রাগ সংগীত এত বেশি বিস্তৃত ও চর্চিত এক শিল্প, সেখানে নিজস্বতার স্বাক্ষর সহজে রাখা যায় না। অথচ কী অবলীলায় ভোরের কিশোরী আমোনকর একেবারে অন্য এক ললিত শুনিয়েছিলেন।

তখন শিল্পীদের চারপাশে নিরাপত্তার বেষ্টনী থাকত না বিশেষ। গানশেষে আমরা তিনজনই ছুটে গিয়েছিলাম গ্রিন রুমে, একবার ওঁকে কাছ থেকে দেখব ব'লে, প্রণাম করব ব'লে। ক্লান্ত তিনি তখন, তবুও, আমাদের মাথায় হাত রেখে অল্প হেসেছিলেন, মনে আছে।

সেই হাসিটা আরও একবার মনে পড়ে গেছিল, অঝোর বৃষ্টির ঝাপসা হাইওয়ে-তে। যেমন মনে পড়ছে আজ আবার। আর কানের কাছে বেজে চলেছে 'সহেলা রে...'। এখন তো আমি দেশেই। তবু এই গান শুনে দেশে ফিরে যেতে ইচ্ছে করছে কেন কে জানে! দেশের জন্য মনকেমন করছে বড্ড বেশিরকম। আসলে মানুষ একবার যে-দেশ ছেড়ে যায়, সেই দেশে আর ফিরে আসতে পারে না। আমার দেশ আমি কবেই দূরে ছেড়ে এসেছি। ভূপ আমায় তাই কষ্ট দিচ্ছে আজও...

কলকাতা
৩ এপ্রিল, ২০১৭

রাস্তা বন্ধ

একটু বেলার দিকে লিখতে বেরিয়ে দেখি রাস্তা বন্ধ। সব রাস্তা। বেড়ানোর গল্প লিখতে গেলে যে-রাস্তাটা ধরি, সেদিকটায় চেকপোস্ট বসেছে, কাগজপত্র দেখতে চাইছে। ছোটগল্প লেখবার সরুমতো পথটায় গাছ পড়েছে, গতকাল রাতের ঝড়ে। খুব সাদামাটা ব্যক্তিগত গদ্যেরও একখানা রাস্তা আছে, সেখানে কাজ চলছে। বোল্ডার ফেলা, ক্রেন ঘোরাফেরা করছে। সম্ভবত মেরামতি। আর নতুন উপন্যাসের জন্যে চওড়া যে-রাস্তা, তার গোড়াতেই 'সতর্কবার্তা'র বোর্ড বসেছে, ঝড় আসতে পারে ১৮০ কিমি গতিবেগে।

ওদিকটায় কিছুদূর গেলেই সমুদ্র, আমি জানি। তার ওপর আজ মেঘও করেছে ভালোরকম। রইল বাকি কবিতা। তাকে তো নিজে নিজে লেখার উপায় নেই, যদি-না ঘরে ঢুকে এসে হাত ধরে সে টেনে নিয়ে যায় আমায়। অগত্যা ফের ফিরে এলাম ঘরের মধ্যে। হাত-পা গুটিয়ে ভাঁজ হয়ে শুয়ে থাকলাম নিজেরই মাথার ভেতরে। জানলার বাইরে তখন দূরের গাছপালা তাদের ঝাপসা মাথা নাড়াচ্ছে— ওই বুঝি ঝড় এল।

কলকাতা
৮ এপ্রিল, ২০১৭

সিন্দুকের চাবি

স্রোত যখন এগোতে থাকে, তখন সবরকম জল নিয়েই এগোয়। নদীর ধারে দাঁড়িয়ে বোঝার উপায় নেই, স্রোতের কোন অংশ এসেছে কোন শাখানদী থেকে! কেননা সে তখন মিলেমিশে একাকার।

শিল্পকে যদি এমনই এক স্রোত বলে ধরে নিই, তাহলে কিছু ক্ষেত্রে এই একাকার হয়ে ওঠবার সুযোগ থাকে বইকি। রাশিদদার গায়নে উঠে আসে উস্তাদ নিসার হুসেন খানের তৈরি বন্দিশ, তেজেন্দ্রদার বাজনায় ফুটে ওঠে উস্তাদ আলি আকবর খানের তৈরি নানান রাগ। আবার কবীর সুমন নিজের গানের পাশাপাশি আমাদের শোনান সতীনাথ মুখোপাধ্যায়ের গেয়ে যাওয়া গান, যেমন শ্রীকান্তদার গলায় উজ্জ্বল হয়ে ওঠেন জটিলেশ্বর মুখোপাধ্যায়। অর্থাৎ, যাদের সামনে থেকে শোনবার সুযোগ আমাদের হাতে নেই আর, এই শিল্পীরা তাঁদের কাজ তুলে ধরেন আমাদের কাছে। এমনধারা হয়ে আসছে বহুদিন।

এ অবশ্য কেবল পারফর্মিং আর্টের ক্ষেত্রেই প্রযোজ্য। যোগেন চৌধুরী নিশ্চয়ই পিসারো বা অবন ঠাকুরের ছবি আরেকবার আঁকেন না, কিম কি দুক তৈরি করেন না ঋত্বিক ঘটকের সিনেমার প্রতিলিপি। পারফর্মিং আর্ট সেই সুযোগ করে দেয়।

কবিতাতেও সেই সুযোগ থাকে, বিশেষত যখন আবৃত্তিকারেরা কবিতা শোনান আমাদের। তাঁদের উপস্থাপনায় এমন অনেক কবির লেখা শুনতে পাই আমরা, সামনে থেকে যাঁদের আর শোনার উপায় নেই। কিন্তু সে হল পড়বার একরকম ধরন, সে হল নির্বাচনের

আরেকরকম পদ্ধতি। তার বাইরে যদি আমার পছন্দের বহু কবিতা থেকে যায়, কী করব আমি? আমি তখন অল্প অল্প করে সেইসব কবিতাই পড়ব, পাঠসভায়।

নানা জায়গায়, নানান কবিসভায় নিজেরই কবিতা পড়ে আসছি আজ দু'দশকেরও বেশি সময় ধরে। ইদানীং, খেয়াল করি, ক্লান্তি আসছে সেই পড়ায়। আসছে কুণ্ঠাও। কেননা বয়স যত বাড়ছে, নিজের ও নিজের লেখালেখি বিষয়ক তুচ্ছতা ততই স্পষ্ট হয়ে উঠছে চোখের সামনে। তাকে এড়িয়ে যাবার উপায় নেই।

তেমনই এড়িয়ে যাবার উপায় নেই আমাদের অগ্রজ ও সমসাময়িক বেশ কিছু কবির কবিতাকে, যা এই সময়ে দাঁড়িয়ে বারবার উচ্চারিত হওয়া ভারী জরুরি। কিন্তু সেসব কবিতা তেমন উচ্চারিত হয় না বিশেষ আর, কেননা তাদের কবিরা কোনও না কোনওভাবে অনুপস্থিত। সে হতেই পারেন তাঁরা, কিন্তু তাঁদের অনুপস্থিতির দায় তাঁদের কবিতারা বইবে, এ কি খুব উচিত কথা হল?

মোটেই উচিত নয় বলেই আমি স্থির করেছি যে, এবার থেকে কোথাও কবিতা পড়বার ডাক পেলে সেইসব অনুচ্চারিত কবিতাদের শোনাব। জানি তাদের পড়বার যোগ্যতা আমার তৈরি হয়নি, কিন্তু ইচ্ছেতে ভেজাল নেই যে কোনও, এ কথা হলপ করে বলতে পারি।

ক'দিন আগে এক ক্যাফেটেরিয়ায় এক ঝাঁক কমবয়সি ছেলেমেয়েদের সামনে জয়দেবদার অনেক অনেক কবিতা পাঠ করলাম যখন, তাদের উদ্ভাসিত মুখ দেখে যে-আনন্দ পাচ্ছিলাম, নিজের কবিতা পড়ে কবে তেমনটা পেয়েছি তা মনে পড়ে না। তারা কখনও জয়দেব বসুকে সামনে থেকে শোনেনি, তাই সে-অভিজ্ঞতার সিকিভাগও তাদের পাওয়া হল না সেদিন। কিন্তু পড়তে গিয়ে, কবিতাদের উচ্চারণ করতে গিয়ে নিজের ভেতর থেকে অদ্ভুত এক জোর পাচ্ছিলাম আমি, পাচ্ছিলাম এক আশ্চর্য প্রত্যয়; নিজের কবিতা পড়ে শোনাবার সময় যা আজকাল পাই না আর।

কত কত কবিদের আমরা সভায় তেমন দেখতে পাই না। তাঁদের মধ্যে অনেককেই আর কোনও দিন পাব না, বাকিরা হয়তো দেখা দেবেন খুব কম। তাঁদের কবিতাকে তাই ব'লে বিরলের তালিকায় রেখে দিতে হবে, এমন তো না-ও হতে পারে। তাই এবার থেকে আমার ইচ্ছেমতোই শোনাব কবিতা। ভাস্কর চক্রবর্তী, তুষার চৌধুরী, মল্লিকা সেনগুপ্ত যেমন থাকবেন, তেমনই থাকবেন অরুণ মিত্র, সুভাষ মুখোপাধ্যায়, বিনয় মজুমদার। যেমন আসবেন শক্তি চট্টোপাধ্যায়, আল মাহমুদ, উৎপলকুমার বসু, কবিতা সিংহ, তেমনই এসে পড়বেন

সৈয়দ শামসুল হক, অমিতাভ দাশগুপ্ত বা রফিক আজাদ। তারাপদ রায়ের কবিতা পড়ে শোনাতে কী যে ইচ্ছে হয়, ইচ্ছে হয় পড়ে শোনাই অনন্য রায়ের লেখাও।

বাংলা কবিতার মতো সুপুষ্ট ভাণ্ডার আর কোন ভাষায় আছে জানি না। কিন্তু আমার কাছে যখন আছেই সেই সিন্দুকের চাবি, তাকে বন্ধ করে রেখে লাভ হবে কি আখেরে? তার চেয়ে এই ন্যুব্জ সময়ে এইসব আশ্চর্য কবিতা বরং পড়া যাক-না আরও বেশি ক'রে, শুনে নেওয়া যাক বারবার।

গীতা চট্টোপাধ্যায়ের কবিতা কেউ কোনও দিন মঞ্চে শোনেননি। পড়ব না তবে তাঁকে? অলোকরঞ্জনের কবিতা শোনার জন্য অপেক্ষা করতে হবে শীতকাল পর্যন্ত? শঙ্খ ঘোষ কবে কবিতা পড়বেন আর সিরিয়ায় কবে শান্তি আসবে, দুটোর কোনওটাই বলা যায় না। কিন্তু আমি যদি শোনাতে চাই তাঁর অসামান্য কবিতার কয়েকখানা? খুব কি রাগ করবেন তিনি?

মনীন্দ্র গুপ্ত আসতে পারেন না তেমন আর অনুষ্ঠানে। তাঁর খনন করা সম্পদরাশি অশ্রুত পড়ে থাকবে সে-কারণে? জয় গোস্বামী উজ্জ্বলতর হচ্ছেন যত নিজের কবিতায়, ততই সরে আসছেন মঞ্চ থেকে। আমি পড়তে চাই তাঁর কবিতাও। আর আজকের ছেলে ইমতিয়াজ মাহমুদ, যে ঢাকায় বসে আশ্চর্য সমস্ত কবিতা উপহার দিয়ে যাচ্ছে বাংলা ভাষাকে, তার কবিতা বুঝি আমি পড়তে পারি না সভায়?

অভিব্যক্তি ছাড়া কবিতার প্রধান কোনও ভাষা হয় না বলেই আমি মানি। তাই মির্জা গালিব বা মোমিন পড়তে ইচ্ছে করতে পারে, ইচ্ছে হতে পারে সিলভিয়া প্লাথ, আনা আখমাতোভা বা মায়া এঞ্জেলোর কবিতা পড়ে শোনাতে। করেও খুব। সে ইচ্ছেকে এবার থেকে দমিয়ে রাখব না আর।

কবিতার একটাই তো পৃথিবী। দরজাটা খুলে দেওয়া দরকার, এই যা। শৌখিনতার গোলাপকুঞ্জে মহুল ফোটানোর দায় তো আমাদেরই, নয় কি?

এই হল মোদ্দা কথা। এবার থেকে যাঁরা আমাকে আমন্ত্রণ জানাবেন কবিতা পড়ে শোনানোর জন্য, তাঁদেরও যেমন বলি, তেমন যাঁরা শুনতে আসবেন, বলছি তাঁদেরও, আমার কণ্ঠে এঁদেরই কবিতা শোনা যাবে এখন থেকে। আমার লেখা তেমন তেমন হলে নিজেই ঠেলেঠুলে এই তালিকায় জায়গা করে নিত, কিন্তু সে তা পারেনি। তবু কখনও যদি ইচ্ছে হয়, জরুরি বলে বুঝতে পারি, আমার কিছু লেখা নিশ্চিত পড়ব। কিন্তু প্রধানত আমি এঁদেরই লেখা পড়ে যেতে চাই বারবার। এঁরা সকলেই তো আমার জন্মদাতা, জন্মদাত্রী। এমনকী

আমার চাইতে বহু পরে লিখতে এসেছে যে, তার কবিতাও গর্ভে ধারণ করে আমায়। তাই এঁদের ছাড়া আমার কোনও অস্তিত্বই নেই। একটাই তো স্রোত। যাক-না, যেমন ইচ্ছে বয়ে...

পুনশ্চ ঃ

'মির্জা গালিবের লেখা পড়বেন বললেন, বিদ্যাপতির লেখার কথা তো কই বললেন না?'—এই লেখার নীচে মন্তব্য করতে গিয়ে দয়া করে এ-ধরনের বিদগ্ধ প্রশ্ন রাখবেন না। যাদের নাম লিখেছি, তার বাইরেও যে বহু কবি আছেন, তা বোঝার বয়স সকলেরই হয়েছে। এ কোনও নির্মেদ তালিকা নয়, বিচ্ছুরণের হদিশমাত্র। তবে হ্যাঁ, একজনের নাম ভেবেচিন্তেই বাদ দেওয়া হয়েছে বা সাইডলাইনে রাখা হয়েছে, তিনি হলেন শ্রীজাত। তাঁর হয়ে কেউ তদ্‌বির করতে আসবেন না, লাভ হবে না কোনও।

কলকাতা
৪ মে, ২০১৭

কেমন আছেন?

শঙ্খবাবুর সঙ্গে কথা বলতে ইচ্ছে করছে খুব। টেলিফোনের ওপারে শুনতে ইচ্ছে করছে ওঁর স্বর। যখন এই সকাল থেকে দুপুর পেরিয়ে বিকেল হয়ে আমাদের গাড়ি বয়ে চলেছে উঁচু-নিচু উপত্যকার মধ্য দিয়ে আর জানলার কাচ ঝাপসা করে দিয়ে যাচ্ছে বৃষ্টি, তখন। যখন রেডিও-র খবরে বলছে কীভাবে একটু হলেও থমকে দাঁড়িয়েছে লন্ডন, সতর্কতা জারি হয়েছে চারদিকে। আমাদের ডানদিকে ফুঁসে উঠছে বর্ষার সমুদ্র। আইরিশ সী। শঙ্খবাবুর জানলার বাইরে মাঠ। সেখানে সন্ধে নামছে। 'কেমন আছেন?' কেবল এইটুকুই জিগ্যেস করতে ইচ্ছে হচ্ছে একবার।

বইভরতি ঘরটার এক কোণে বসে কথা বলছেন তিনি। বলছেন মানুষের কথা। পৃথিবীর কথা। শান্ত ক্ষোভের কথা। এই এতদূর থেকে আমি সেসব শুনতে পাচ্ছি, যখন ভেজা হাওয়ার ঝাপটায় ঠান্ডা হয়ে আসছে আমার হাতদুটো। পুলিশি প্রহরার মধ্য দিয়ে পেরিয়ে যাচ্ছি বয়স। 'কেমন আছেন?' জিগ্যেস করতে ইচ্ছে করছে একবার। এই এতদূর থেকে।

কলকাতা ছেড়ে চলে যাব, একেকদিন ভাবি। তারপর ভাবি, এই এত বৃষ্টির মধ্যে কোথায়-ই বা যাব আর! কলকাতা ছাড়া অন্য কোনও শহরে তো শঙ্খ ঘোষ থাকেন না। সমুদ্র, ফুঁসে উঠতে থাকে।

ক্ল্যানস্টিফেন, ওয়েলস
৫ জুন, ২০১৭

স্মৃতির খেলা

কোন সাল সেটা? ১৯৯৩ হবে সম্ভবত। কোনও এক দিন, সন্ধে নেমে যাবার পর, মানুষজনের যাতায়াত বাঁচিয়ে, ল্যাম্পপোস্টের আড়ালে রুদ্ধশ্বাসে অপেক্ষা করছে এক কিশোর। ক্লাস ইলেভন। স্কুল ইউনিফর্ম তার গায়ে, পিঠে ভারী একখানা স্কুল ব্যাগ। ছুটি হতেই সে অনেকখানি কলকাতা ডিঙিয়ে চলে এসেছে প্রফুল্ল সরকার স্ট্রিটে, একটু দূরেই 'আনন্দবাজার পত্রিকা'র দফতর। একবার ক'রে তার দরজা খুলে কেউ-না-কেউ বাইরে বেরিয়ে আসছেন, আর ধক করে উঠছে সেই কিশোরের বুক।

টিমটিমে আবছা গলিতে তাকে চমকে দিয়ে একটু পরে সত্যিই সেই আলোর দরজা ঠেলে পথে নেমে এলেন সুনীল গঙ্গোপাধ্যায়। কয়েকজন সহকর্মীর সঙ্গে ধূমপান করতে নেমেছেন নীচে। দাঁড়িয়ে আছেন আড়াল করা সেই ল্যাম্পপোস্ট থেকে কয়েক হাত দূরেই।

যাবে কি? সে ছুটে একবার যাবে কি বইগুলো সই করিয়ে নিতে? তার পিঠের ব্যাগে রয়েছে আশ্চর্য আর রোগা রোগা তিনখানা কবিতার বই, যারা তাকে ঘুমোতে দিচ্ছে না। 'নীরা, হারিয়ে যেও না', 'সুন্দরের মনখারাপ, মাধুর্যের জ্বর' আর 'বাতাসে কীসের ডাক, শোনো'। সে শুনেছে এই আপিসেই কাজে আসেন এইসব বইয়ের কবি। আর মাঝেমধ্যে তাঁকে দেখতে পাওয়া যায় রাস্তায়। এই যেমন এখনই তিনি দাঁড়িয়ে, চোখের সামনেই। তাঁর হাতের ওই সিগারেট যতক্ষণ জ্বলছে, ততক্ষণই কিশোরটির সাক্ষাতের সম্ভাবনার আয়ু। এর আগেও তিনবার সে বই পিঠে নিয়ে ঘুরে গেছে, দেখেওছে কবিকে। কিন্তু সাহস হয়নি

সামনে যাবার।

একবার ছাই ঝাড়লেন সুনীল। আর বড়জোর এক কি দুটো টান। ছুটে গেল সেই স্কুলপড়ুয়া কিশোর। দাঁড়াল সুনীলের পাশের অন্ধকারে। এমনিতেই সুনীল গঙ্গোপাধ্যায় যেখানে দাঁড়াতেন, সেখানটা চারপাশের চাইতে বেশি আলো হয়ে উঠত। সেই বলয়ের একটু বাইরে, নিজের মুখ যতটা সম্ভব লুকিয়ে দাঁড়াল সেই ক্লাস ইলেভন।

'কী ব্যাপার ভাই?'

এই প্রথম সামনে থেকে সুনীলের কণ্ঠস্বর শুনল সে। গলা দিয়ে যেটুকু আওয়াজ বেরোচ্ছে, সেটুকু সম্বল করেই বলল, 'কয়েকটা বইয়ে সই করে দেবেন? অনেক দূর থেকে এসেছি।'

'তুমি তো ইস্কুলে পড়ো' — বললেন সুনীল।

'হ্যাঁ, ক্লাস ইলেভন। আপনার বই আমার স্কুল ব্যাগে থাকে সব সময়।' এক নিঃশ্বাসে কথাগুলো বলে কাঁধ থেকে ব্যাগ নামিয়ে বইগুলো ঝটপট বার করে ফেলল সে। মেলে ধরল তাদের প্রথম পাতাগুলো।

সুনীল স্মিত হেসে প্রশ্ন করলেন, 'কী নাম?'

কী মনে হতে ছেলেটি উত্তর দিল, 'আপনি আমায় এমনিই সই করে দিন, নাম লাগবে না।'

সুনীল আরও একটু হাসলেন বোধ হয়।

হদ্দ বোকা সেই কিশোর সেদিন এক সোনালি সুযোগ হারাল—সুনীলের হস্তাক্ষরে নিজের নাম দেখতে পাবার। কিন্তু ওই চওড়া আলোর পাশে নিজের কুণ্ঠিত দাঁড়িয়ে থাকা ছায়াকে এতই সামান্য মনে হল তার, সে কিছুতেই নিজের নাম মুখে আনার সাহস পেল না। শেষমেশ সবক'টা বইতে সই আদায় শেষ হলে, ঝটিতি একটা প্রণাম সেরে নিয়ে ওই মুখ-লুকোনো আবছায়া থেকেই সাহস কুড়িয়ে বলে উঠল ছেলেটি, 'শুধু একটা কথা বলব আপনাকে, আপনার কবিতা আমায় বাঁচিয়ে রেখেছে।' ব'লে, আর কোনও দিকে না তাকিয়ে, ধাবমান দিশেহারা ভিড়ের মধ্যে কোথায় মিলিয়ে গেল সে, কয়েক টাকা দিয়ে কেনা বইগুলোকে অমূল্য করে নিয়ে।

তার বহু বহু বছর পর, নিজের দশতলার লিভিং রুমে, রোববারের আড্ডায় একদিন সুনীলদা যখন এই স্মৃতির খেলা নিয়ে মেতেছেন—কার কার সঙ্গে কবে আলাপ হল তাঁর।

আমার দিকে ঘুরে তাকিয়ে বললেন, 'তুমি তো কৃত্তিবাসের জন্যে লেখা দিতে এসেছিলে, না?'

ভারী মজার এক খেলা, জমজমাট হয়ে গেছে ততক্ষণে। আমি হাসিমুখে তাঁর সহজ কৌতূহলের অঙ্ক আরেকটু কঠিন করে দিয়ে বললাম বহু আগের সেই গল্পের কথা। নাম-না-জানা এক কিশোরের ছুটে আসার কথা। অন্ধকারে ভিড়ের মধ্যে তার মিলিয়ে যাবার কথা। আর তার সেই স্বীকারোক্তি—'আপনার কবিতা আমায় বাঁচিয়ে রেখেছে।'

'সে কী কথা, ওই ছেলেটি তুমি ছিলে নাকি?' বিস্ময়কর মানুষটিকে কিছু বিস্ময় উপহার দিতে পেরে আমিও ততক্ষণে খুশি। 'মুখ মনে নেই আমার, কিন্তু এইরকম একখানা কথা যে বলেছিল, মনে আছে।'

আমি তখন রোববারের ঝলমলে দশ তলায় মুখ নিচু করে হাসছি।

'সেদিন নিজের নাম বলোনি কেন বলো তো?' জিগ্যেস করলেন সুনীলদা।

'এই তো, আজ জেনে গেলেন তার নাম।' — উত্তরে আমার হাসিতে যোগ দিলেন তিনিও।

আজ মনে হয়, বেনামে মনের কথা জানানোর ভারী এক গোপন মজা ছিল চিরকালই। আর বহুদিন পর সেই গোপন মোড়ক খুলে অনামী হাতের লেখা চিনে নেবার মজাও ছিল দ্বিগুণ। অনেকদিনের ফ্রেম দেয়াল থেকে সরিয়ে নিলে যেমন তার দাগ থেকে যায়, গোপন এই মোড়ক খোলার পরেও, আনন্দের সেই ঘ্রাণ কম হয় না। আজ যখন নিজের নাম লুকিয়ে রেখে চারপাশের চেনা মানুষকে মনের কথা জানানোর এক প্রকাশ্য খেলা ফিরে এল আবার, আমারও আরেকখানা গোপন কথা জানাতে ইচ্ছে করছে সুনীলদাকে। আর তা হল এই যে, আপনার কবিতা আমায় বাঁচিয়ে রাখবে মৃত্যু পর্যন্ত। সকলের সামনে, নিজের মুখ আড়াল না-করেই আজ জানিয়ে গেলাম এই কথাটুকু।

কলকাতা
৯ অগাস্ট, ২০১৭

পিছিয়ে পড়া লেখা

সেদিন এক গানের রেকর্ডিং-এ গেছি, স্টুডিওতে হাজির আমাদেরই এক বন্ধু পরিচালক, সেইসঙ্গে গানের সুরকারও। খুবই নামী মানুষ এঁরা, কিন্তু একই সঙ্গে ভারী সহজ আর কাছের মানুষও হয়ে উঠতে পারেন সহজেই। সব গানের রেকর্ডিং-এ যাওয়া হয়ে ওঠে না, কিন্তু সেদিন গেছিলাম বিশেষ এক কারণে। কেবল সাত থেকে বারো বছরের খুদে গাইয়েরাই গাইবে এই গান। নাহ্, মোটেই তাদের প্রথম অভিজ্ঞতা নয় এই রেকর্ডিং। তারা ডাবিং-এ রীতিমতো দড়, এমনটাই আমাকে জানিয়েছিলেন অগ্রজপ্রতিম সেই সুরকার। গানের কথা লিখতে পারার সুবাদে হাজির থাকতে বলা হয়েছিল আমাকেও। আর এমন ঘটনার সাক্ষী থাকতে কে না চায়?

তারা সব পরি আর রাজপুত্তুর। এবং এক মুহূর্ত চুপ করে বসে থাকার পাত্রী বা পাত্র নয় কেউ। ট্র্যাক শোনা হচ্ছে যখন, বারেবারে তাদের বকুনি দিয়ে শান্ত করে বসিয়ে রাখতে হচ্ছে। কিন্তু মাইক্রোফোনের সামনে সেই দস্যিরাই কেমন অনায়াস গেয়ে দিচ্ছে কঠিন একখানা গান, সেইটেই অবাক হয়ে দেখবার।

অবাক হবার অবশ্য আরও বাকি ছিল। ডাবিং-এর মাঝপথে স্টুডিও-য় এল আমাদের আরেক বন্ধু, যে কেবল সেই ছবির নায়ক-ই নয়, প্রধান প্রযোজকও। কথায় বার্তায়, চাল চলনে সে-ও ভারী সহজ, কিন্তু বহু বহু দর্শকের কাছে সে সুপারস্টার, মহাতারকা। ছোটদের গান শুনে ভারী খুশি সে-ও।

প্রথম টেক হয়ে যাবার পর আমাদের সেই নায়ক-বন্ধু যখন চলে যাচ্ছে, তখনই ঘটল ব্যাপারটা। ছেলেমেয়েরা গাইছে, স্বভাবতই স্টুডিও-র বসার ঘরে অপেক্ষা করছিলেন তাদের বাবা মায়েরা। আমাদের বন্ধুটি বেরিয়ে গাড়িতে উঠতে যাবে, এমন সময়ে কন্ট্রোল রুমের দরজা খুলে, সকলকে চমকে দিয়ে, জনা চারেক অভিভাবক যাঁর-যাঁর মেয়ে বা ছেলেকে খেয়াল করিয়ে দিলেন যে, বিদায়ী সেই মহাতারকার সঙ্গে তারা সেলফি তোলেনি। অতএব, এখনই ছুটে গিয়ে, তিনি গাড়িতে ওঠবার আগেই যেন সকলে একটা করে সেলফি তুলে নেয়। এ যেন কতকটা নোয়ার নৌকো ছেড়ে যাবার সময়ে অস্তিত্ব টিকিয়ে রাখবার শেষ সুযোগ।

এমন নির্দেশ পেয়ে তারাও পড়ি কি মড়ি ছুটল স্টুডিওর বাইরে, সেই গাড়ি লক্ষ্য ক'রে। একটি মেয়ে, ক্লাস ফাইভ তার, একটু রোগাসোগা ব'লে সেই দৌড়ের দলে ভিড়তে পারল না। বসে রইল কন্ট্রোল রুমেই। হঠাৎ তার মা এসে আমাদের সকলের সামনেই রীতিমতো কটু ভাষায় তাকে বকুনি দিলেন, সে এখনও সেলফি তুলে উঠতে পারেনি ব'লে। এবং তাকে বাধ্য করলেন ফোন হাতে ছুটে যেতে।

আমি ভাবলাম, এই দৌড়, এই ছুট কোথায় নিয়ে যাবে এইসব বাচ্চাদের? কোনখানে গিয়ে শেষমেশ থামার হুকুম পাবে তারা? যাদের শৈশব এখনও শরীর ছেড়ে যায়নি, তাদের মনে চাবি দিয়ে এই রুপোলি ছোঁয়াছুঁয়ির রেসিং ট্র্যাকে নামিয়ে দেবার কারণ কী? কী এমন ক্ষতি হত, সেই জনপ্রিয় তারকার সঙ্গে এই খুদেদের একটা ক'রে সেলফি না-থাকলে?

ক্ষতি যে হত, তা বুঝতে পারলাম পরমুহূর্তেই, যখন তারা স্টুডিও-য় ফিরে আসার পর প্রত্যেকের হাত থেকে তাদের অভিভাবকেরা ফোন কেড়ে নিয়ে মিলিয়ে দেখছেন, ছবি ঠিকঠাক উঠেছে কিনা। এইখানেই শেষ নয়। তাঁরা পরস্পরের সঙ্গে এই তুলনামূলক আলোচনাতেও চলে যাচ্ছেন, কোন কোন জনপ্রিয় মুখের সঙ্গে তাঁদের সন্তানের সেলফি উঠল এতদিনে, সংখ্যায় এগিয়ে আছে কোন খুদে। ফাইনাল টেক শোনার জন্য আমি আর থাকতে পারলাম না। নেমে এলাম রাস্তায়, রিকশার সন্ধানে।

ফিরতে ফিরতে মনে পড়ে গেল বছরখানেক আগে ঘটে যাওয়া নিজেদের এক বোকামির কথা। এক অনুষ্ঠানের খাতিরে গেছি নিউ ইয়র্ক, দূর্বাও আছে সঙ্গে। উদ্বোধনী অনুষ্ঠানের আগের দিন, হোটেলের লবিতে বড়সড় আড্ডা আর নৈশভোজ। মার্কিন মুলুকের নানা প্রান্ত থেকে সংস্কৃতিপ্রেমী বাঙালিরা একজোট হয়েছেন সেখানে। আর প্রথমবার, এক চলচ্চিত্র

পুরস্কারের কারণে টালিগঞ্জের অগুনতি জনপ্রিয় নায়িকা ও নায়কেরাও হাজির। লবি ও লাউঞ্জ সর্বার্থেই ঝলমল করছিল সেদিন। আর স্বাভাবিকভাবেই, তাঁদের ঘিরে ছিল সকলের উৎসাহ, আগ্রহ। তাঁরাও মিলেমিশে যাচ্ছিলেন সমুদ্রপারের দর্শকদের সঙ্গে।

আমি আর দূর্বা একটু দূরে দাঁড়িয়ে অপেক্ষা করছিলাম এক বন্ধুর, সে এলে হাঁটতে বেরোব ব'লে। রাত আটটার ম্যানহাটন-এ হোটেলবন্দি হয়ে থাকা নেহাতই না-মঞ্জুর আমাদের। হঠাৎ দূর্বার কনুইয়ের খোঁচা খেয়ে তাকিয়ে দেখি, এলিভেটর থেকে নেমে, ধীরপায়ে লবিতে এসে এক কোণের একটি সোফায় বসলেন একজন। পণ্ডিত বিরজু মহারাজ। সত্যি দেখছি কি? উনিই? এই দশ হাত দূরের একটা সাধারণ পাঁচতারা সোফায় হেলান দিয়ে বসে আছেন আমাদের দেশের অন্যতম বিস্ময়! খেয়াল হল, পরদিন উদ্বোধনী অনুষ্ঠান শুরু হচ্ছে ওঁর নাচ দিয়েই। সুতরাং, ওঁর তো এসে পড়বারই কথা। কিন্তু তাই ব'লে, এই এত সামনে? কোনও বেষ্টনীর আড়াল ছাড়াই? বহুবার দেখার পরও বিশ্বাস হচ্ছিল না।

সোফার অবস্থান এতটাই কৌণিক যে, প্রায় কারওই তখনও নজর যায়নি ওঁর উপস্থিতির

দিকে। কেবল আমরা এক কোণে তেরছা হয়ে দাঁড়িয়েছিলাম ব'লে চোখে পড়েছে ঘটনাটা। কিন্তু আমি যা ভাবছি, দূর্বাও কি তাই ভাবছে? দুজনের চোখাচোখি হতে বুঝলাম, মানুষের লোভের কোনও অন্ত নেই। আমরা দুজনেই ভাবছি একবার সামনে গিয়ে প্রণাম করে আসার কথা।

কম্পিত পায়ে, শঙ্কিত মনে দুজন যখন গিয়ে দাঁড়িয়েছি সোফা থেকে একটু দূরত্বে, বুঝলাম, উনি বোল পড়ছেন। মুখ নড়ছে, পা তাল দিচ্ছে মেঝেয়, আঙুলে চলছে দ্রুত কর গোনা। সম্ভবত চক্রধার, ফিরে ফিরে আসছে। তিনবারের মাথায় তেহাই মেলার পর একবার হেলান দিলেন। সেই মওকায় আমরা হাজির হলাম ঠিক ওঁর পাশটাতে। মুখ তুলে তাকালেন একবার। চাহনিতে কোনও বিরক্তি নেই। অল্প হাসলেন। বুঝলাম, কেবল ওঁর শরীরটাই এই ঝলমলে হোটেলের লবিতে বসে জিরিয়ে নিচ্ছে। মনের নাচ থামেনি। দুজন পরপর প্রণাম করলাম। আশ্চর্য দুই পায়ে হাত দিয়ে মাথায় ঠেকালাম খোদ কত্থক-কেই। দুবার কেবল মিষ্টি হেসে বললেন, 'জিতে রহো।'

দ্বিগুণ হৃৎস্পন্দন নিয়ে যখন এক ঝটকায় বেরিয়ে এলাম ম্যানহাটন-এর চওড়া রাস্তায়, নিজেদেরই বিশ্বাস হচ্ছে না কিছুতে। বন্ধুটিও জুটে গেছে ততক্ষণে, আমরা হেঁটে চলেছি রাতের টাইম স্কোয়ারের দিকে। এমন ঘটনার কথা বলে না-ফেলতে পারলে দম আটকে যাবে, তাই দুজনেই হুড়মুড়িয়ে বললাম আমাদের আশ্চর্য প্রাপ্তির কথা।

বন্ধুটি হাঁটা থামিয়ে বলল, 'সিরিয়াসলি? কই, দেখি?'

আমরা অবাক হয়ে জানতে চাইলাম, কী?

'সেলফি তুলিসনি? সে কী রে?' ব'লে চেঁচিয়ে উঠল সে।

এক পথচলতি বৃদ্ধা ঘুরে তাকিয়ে গেলেন। সত্যিই তো! দুজনের কাছেই স্মার্টফোন ছিল, কিন্তু ছবি তুলে রাখার কথা একবারও মাথায় এল না। বোকার মতো মাঝরাস্তায় দাঁড়িয়ে বন্ধুটির আরও কিছু বকুনিবাক্য হজম করলাম দুজন। এই সুযোগ যে আর পাব না, মেনে নিলাম তা-ও।

প্রমাণ থাকল না তো কোনও, আমরা যে সত্যিই দেখেছিলাম পণ্ডিত বিরজু মহারাজকে। সত্যিই যে ওঁকে প্রণাম করবার মতো কাছাকাছি যেতে পেরেছিলাম একবার, তার দলিল তো রাখা হল না। আক্ষেপ করব কিনা ভাবতে ভাবতে বুঝলাম, ওঁকে প্রণাম করতে পেরেছি মানেই তো এই নয় যে উনি আমাদের বৃত্তের মধ্যেকার, একই কক্ষপথের মানুষ।

সেলফি তুলতে চাইলে হয়তো বাধা দিতেন না, কিন্তু কী-ই বা হত তাতে? ওঁর মতো একজন শিল্পীর পাশে আমাদের দুজনের হাসিমুখ, এই ফ্রেমের, এই ছবির কি আদৌ মানে হয় কোনও? ওঁকে সামনে থেকে একবার দেখতে পাবার বিস্ময়ের সামনে সেলফি তুলে রাখার তাগিদটা এতই ছোট যে, আমাদেরও তা মনে আসেনি একবারের জন্যও। প্রমাণ রইল না কোনও, নিজেদের ব্যক্তিগত স্মৃতি ছাড়া, এই বা কম কী? বন্ধুটি কেবল কিছু নিরাশ হল, এই যা।

আজ মনে হয়, প্রমাণ রেখে দেবার এই হই হই দৌড়ের বাজারে আমরা কিছুটা পিছিয়েই পড়ে আছি। তর্কের খাতিরে সে কথা বলাই যায়, কেউ কেন বিশ্বাস করবে তবে, ওইরকম একজন শিল্পীর সামনে গিয়ে দাঁড়িয়েছিলে যে তোমরা? উত্তরে আরও বোকার মতোই হয়তো বলব আমি, কাউকে বিশ্বাস করাবার জন্য তো গিয়ে দাঁড়াইনি তাঁর সামনে। কেবল সত্যি দেখছি কি না, পা ছুঁয়ে নিজেকে সেটুকু বিশ্বাস করানোর প্রয়োজনেই গিয়েছিলাম। তারপর আমরা আমাদের গ্রহেই থেকে গেছি, উনি ফিরে গেছেন ওঁর মহাকাশে। এই দূরত্বকে ফ্রেমবন্দি করে, এমন স্মার্টফোন বেরিয়েছে নাকি?

যদি-বা বেরিয়েই থাকে, সে আমাদের মতো বোকাদের জন্য নয়। যারা এখনও ফোনের চেয়ে মনকে এগিয়ে রাখে। আর প্রমাণের চাইতে, স্মৃতিকে।

কলকাতা
১০ অগস্ট, ২০১৭

ছাতিম

সে ছিল আমার সহকর্মী, এক পত্রিকার দফতরে। তার আগে যে আমাদের আলাপ ছিল না এমন নয়, একই বাড়িতে চাকরিও করেছি অনেক দিন, কিন্তু আমি ছিলাম এক তলা আর সে ছাদের কাছাকাছি এক কাচঘরে। ফলে দেখাসাক্ষাৎ বড় একটা হত না। এই নতুন দফতরে এসে আমরা বসার জায়গা পেলাম একেবারে গা লাগোয়া, পাশাপাশি। তার টিফিন কৌটোর সঙ্গে ঠেসাঠেসি করে আমার জলের বোতল, আমার মাউস-এর সঙ্গে পাল্লা দিয়ে তার কলমদানি। ছোট পাড়ার পড়শি হয়ে গেলাম দুজনে।

পত্রিকার কাজ আমাদের, নানা বিষয়ে মত বিনিময় করাই যার প্রধান শর্ত। বিষয় নিয়ে ভাবনা, লেখা চাওয়া, সম্পাদনা করা, পাতা তৈরি করা, এইসব কাজে হাতে হাত লাগাতে গিয়েই বুঝলাম, তার সঙ্গে আমার ভারী মেলে। দেখতে দেখতে কখন, সে আর আমি দিব্যি বন্ধু হয়ে গেলাম।

প্রায় সমবয়সি দুজন মানুষ, অনেকটাই সমমনস্কও। সুতরাং কাজে-অকাজে মিশে যেতে দেরি হল না। পাতা ছাড়ার আগের কয়েকদিন স্বভাবতই হুলুস্থুল কাণ্ড চলত দফতরের ঘর জুড়ে। কিন্তু সংখ্যা ছাপতে চলে গেলে দিন কতকের যে অলস টুকরো কুড়িয়ে পাওয়া যেত, তাতে আমাদের আড্ডা হত জবর। পাশাপাশি দুই চেয়ারে হেলান দিয়ে বসে দুনিয়ার নানা ব্যাপার-স্যাপার নিয়ে আমরা অনেক কথা বলে চলতাম। আর কোথাও, আবারও, নিজেদের ভাবনা মিলে যাচ্ছে দেখে মজা পেতাম ভারী।

যদিও তার জীবনযাপনের ধরনধারণ আমার ঠিক উল্টো, তবু, স্বাস্থ্য সচেতন, কাজে পরিপাটি, বিচক্ষণ, পড়ুয়া ও বুদ্ধিমতী মেয়েটি নিঃসন্দেহে আমার বন্ধু হয়ে উঠেছিল। আর তার কাঁধের ব্যাগে সারাক্ষণ কোনও না কোনও বই থাকত। উপন্যাস হোক, কবিতা বা প্রবন্ধ, বই ছাড়া সে চলতে পারত না একদিনও। বই-এর ওজনে কাঁধ হয়তো হেলেই পড়ছে তার, কিন্তু হাসিমুখে সে বয়ে বয়ে বেড়াত প্রিয় কোনও একটা বই। কিছুটা সময় বার করে নিয়ে সে ঠিক বই মুখে বসে পড়ত শত কাজের দিনগুলোতেও। সদ্য প্রকাশিত বই যে কত বেরোতে দেখেছি তার ঝুলি থেকে, ইয়ত্তা নেই।

এহেন একজন আর আমি, আমরা দুজন, বিকেল বিকেল হাঁটতে বেরোতাম। আমাদের সেই দফতর ছিল গেরস্ত পাড়ায়, দু'পা হাঁটলেই অলিগলি, পাড়ার ক্লাব, ছোট্ট এক শাড়ির দোকান, পুরনো গ্যারাজ, ঘাসজমি, আর রাস্তার দু'পাশ আড়াল করে দাঁড়ানো গাছের দল। সারাদিন কাজের পর মাথা আর মন যখন ঝিমঝিম আর বাইরে পড়ে আসছে রোদ, তখন হাঁটতে বেরিয়ে পড়তাম আমরা। চেনা একটা চক্কর ধরে হাঁটতাম যেমন, তেমনই একেকদিন নতুন রাস্তার খোঁজে সম্পূর্ণ অজানা দিকে চলে যেতাম। তারপর সেই রাস্তা ধরে আবার

চেনা পথে ফিরে এসে মজা পেতাম খুব।

হাঁটাপথে গল্প হত জোর কদমে। নতুন কী বই পড়া চলছে, কোন ছবি এখনও দেখা হয়নি, কোন থিয়েটার দেখে মন ভরল না, সদ্য পড়া কোন লেখা ভাবিয়ে তুলেছে সত্যিই... এইসব নিয়ে দেদার কথা বিনিময় চলত। ওই মিনিট কুড়ির পাকদণ্ডী ছিল আমাদের জানলা। সেই ঘুরপথেই একদিন ছাতিমের গন্ধ পেলাম দুজন। অবাক কাণ্ড! দুজনেই দাঁড়িয়ে পড়লাম একসঙ্গে।

আমি এমনটা বরাবরই করি, কারণ ছাতিম ফুলের গন্ধের চেয়ে প্রিয় গন্ধ আমার কমই আছে। ওইরকম ঝিমধরানো, মাদকতায় ভরিয়ে দেওয়া তীব্র অথচ মসৃণ গন্ধ আমি আর দেখিনি। বোঝা গেল, সে-ও দেখেনি। তারও ভারী প্রিয় ছাতিমের ঘোরলাগা ঝাঁঝ। পুজো আসবে আসবে করছে তখন, ঠিক হল, যদ্দিন গাছে ফুল থাকে, এ পথ ধরেই হাঁটব আমরা। আশ্বিনের বিকেলে ছাতিমের গন্ধের মতো নেশা আর কী-ই বা হতে পারে? ছাতিম নিয়েই কত কত আড্ডা হয়ে গেল তারপর, সে-ও মনে আছে।

বছর দেড়েক পার হবার পর, সে একদিন জানাল, চাকরি বদল করবার সিদ্ধান্ত নিয়ে ফেলেছে। নতুন দফতর, নতুন পাড়া, নতুন সব সহকর্মী হবে তার। সকলেরই ভারী মনখারাপ হল এই কারণে যে, তার মতো দক্ষ কাজের মানুষ আর পাওয়া যাবে না, পাওয়া যাবে না অল্প সময়ে ওইরকম সপ্রতিভ আর বিষয়নিষ্ঠ কপি লেখার হাতও। আমার মন একটু বেশিই খারাপ হল, বন্ধুর সঙ্গে এমন আড্ডা হারাতে হবে ব'লে।

চলে তো গেল সে। কাজের চাপে কেটে যেতে থাকল দিনও। কেবল বিকেলবেলা যখন একলাই হাঁটতে বেরোতাম, খালি খালি লাগত। কিন্তু সেই সময়েই ফোনে মেসেজ আসত, 'হাঁটতে বেরোলে বুঝি?' অথবা 'আচ্ছা, আজ শাড়ির দোকানটা খুলেছে?' কিংবা 'ওদিকেও বৃষ্টি নাকি?'... এইসব। আমিও হাঁটতে হাঁটতেই মেসেজ টাইপ করতাম। দিন কতক চলল আমাদের রোমান হরফে বায়বীয় পথ-চলা।

তারপর একদিন আমিও ছাড়লাম চাকরি, চিরকালের জন্যেই। বিকেলবেলার সেইসব অনামী রাস্তাগুলো আমাদের কাউকেই আর দেখতে পেল না কোনও দিন। দুই বন্ধুর বার্তা বিনিময়, শীতের বিকেলের মতোই, নিভে এল। একই শহরের দূরবর্তী দুজন সমমনস্ক মানুষ হয়ে দিন কাটতে থাকল আমাদের, যেমন হয়তো হবারই কথা থাকে। কেবল আমি বা সে, যখনই বছরে প্রথমবার ছাতিমগন্ধ পেতাম, একে অপরকে মেসেজ করে জানাতাম। কমতে

কমতে এইটুকুতেই এসে দাঁড়িয়েছিল আমাদের বিনিময়। তুমুল ব্যস্ততার ঢেউয়ে বাকি সব আড্ডা ভেসে গেছিল একের পর এক, ছাতিমের ওই গন্ধটুকু ছাড়া। রোমান হরফের একটি বাক্যে আমরা ছাতিমের সেই গন্ধটুকুই ভাগ করে নিতাম বছরে একবার, এই ছিল আমাদের যোগাযোগ।

আজ বিকেলে পূর্ণদাস রোড ধরে হাঁটার সময়ে যখন এই প্রথম ছাতিমের এক ঝলক গন্ধে নাক চনমন করে উঠল, কিছু ভাবার আগেই তার নামের বার্তাবাক্স খুলে বসলাম। খুলে, অবাক হলাম নিজেই। কই, এত এত দিন তো কোনও খোঁজও নিইনি তার! সে-ও আমার কুশল জিগ্যেস করেনি বহু বহু দিন। আমি শেষ কোন নাটক দেখলাম বা সে সদ্য কোন বই পড়ল, এসব আমরা আর জানি না কেউই। তাহলে কেন এক লহমার গন্ধঝলক এমন আশ্চর্য স্বয়ংক্রিয়ভাবে মনে করাল তার কথা?

ভাবতে ভাবতেই মেসেজ পাঠালাম। প্রথম পাওয়া ছাতিমগন্ধের খবর। এই। আর কিছু না।

হাসিমুখের প্রত্যুত্তর এল সঙ্গে সঙ্গে। মধ্যে বহুদিনের ফারাক। কিন্তু সেই লম্বা সময় সেলাই হয়ে গেল গন্ধের সুতো দিয়ে। জোড়াতালির দাগ থাকল না এতটুকু।

বার্তাবাক্স দেখাচ্ছে, শেষ তাকে মেসেজ করেছিলাম আগের বছর এই সময়ের কিছু আগে। মানে, সে বছর আরও আগে ফুটেছিল ছাতিম। তারপর এই আজ। আবার হয়তো কথা হবে, নতুন ছাতিম ফুল গাছে এলে।

ভাবি, দূরে চলে যাওয়া বন্ধুরা বোধ হয় এভাবেই কাছে থেকে যায়। কোনও গন্ধ, কোনও সুর, কোনও রঙের ছুতোয়। আমার সেই বন্ধুও যেমন থেকে গেল। থাকবে। যতদিন কলকাতায় ফুটে উঠবে ছাতিম...

কলকাতা
২১ অগস্ট, ২০১৭

খড়কুটো

এ কটু তাড়াতাড়িই সিকিউরিটির নিয়মকানুন সেরে বসে আছি গতকাল, রাত তখন সাড়ে দশটা। মাঝরাতের আগে আগেই উড়ে যেতে হবে সিঙ্গাপুরের দিকে, সেখান থেকে সিডনি। বহু মাস আগে থেকেই ঠিক হয়ে ছিল অস্ট্রেলিয়ার বেশ কয়েকটি শহরে অনুষ্ঠানের কথা। কিন্তু কখন যে সেই তারিখ দোরগোড়ায় এসে দাঁড়িয়েছে, নানা কাজের ফাঁকে টের পাইনি।

এ মাসের শেষ কয়েকটা দিন কেটে গেছে ঝড়ের মতোই। কিছু বকেয়া কাজে, কিছু বিস্ময়ের বেষ্টনীতে। আর সেসব কিছুর পরেও, কিছুতেই কাটতে চাইছিল না হালকা এক মনকেমনের সুতো। অনেকদিনের ভালোবাসার একজন মানুষকে নিবিড়ভাবে দু'দিন দেখতে পাবার যে-ঘোর, আর সেই মানুষটি ফের আগের মতোই দূরে চলে যাওয়ার পরেও সেই ঘোর না-কাটার মধ্যে যে-দূরত্ব, তার-ই নাম বিষণ্ণতা। প্রেমে এমন হতে দেখেছি অনেক, ইদানীং কবিতায় হয়। কবির জন্য হয়।

পঁচিশ তারিখ তাঁর কলকাতা বিমানবন্দরে নামা থেকে শুরু করে ২৬ তারিখ রাতের পানভোজনের পর ফিরতি গাড়িতে তুলে দেওয়া পর্যন্ত সান্নিধ্যের যে-রং, সে তো জামা থেকে উড়তে চাইছে না কিছুতেই। ভুলতে চাইছে না দু'দিনের দেদার হাসি ঠাট্টা, জোরালো আড্ডা, ডালে-ভাতে কবজি ডুবিয়ে গল্পগুজব, বা রাজনৈতিক প্রসঙ্গে রোদ-পড়ে-আসা তির্যক চাউনি। মনে করে রাখতে চাইছে আরও অনেক কিছু, যা যা তার স্বপ্নের অন্তর্গত

ছিল না। হয়তো আরও বেশি করে মনে করে রাখতে চাইছে এই কারণেই যে, এই প্রেম একতরফা। স্মৃতির পাল্লাও তাই একদিকেই ভারী হবে, এমনটাই স্বাভাবিক।

এসব কথাই ভাবছি, যখন দরজার সামনে বসে ফ্লাইটের অপেক্ষা করছি আমি আর দূর্বা, এমন সময়ে অপু হোয়াটসঅ্যাপ করল। ও জানে আজ আমার সিডনি রওনা দেবার কথা। তাই অপ্রত্যাশিত এক উপহারের ছবি পাঠিয়ে লিখল, 'যাবার সময়ে আমাকে দিয়ে গেছেন, তোমাকে পৌঁছে দিতে বলেছেন। সযত্নে রাখা আছে, তুমি ফিরে এসে নিও।'

কী সেই উপহার?

অপুর পাঠানো ছবি যখন স্পষ্ট হল, আমার বিশ্বাস তখনও আবছা। এতটা পথ পেরোনোর পরেও কোনও শিল্পী কি এতখানি বাড়িয়ে দিতে পারেন হাত? Footprints on Zero Line—দেশভাগ নিয়ে তাঁর লেখা এই বই আমার নামে সই করে উপহার হিসেবে রেখে গেছেন গুলজারজি।

আগের রাতের অনুষ্ঠানের পর চলেছে আড্ডা, পানভোজন। তারপর গাড়িতে উঠে শার্সি নামিয়ে হাত নেড়েছেন হাসিমুখে। আর আমিও ভেবেছি, এইখান থেকেই ফের উঠে গেল শার্সি। দূরত্বের কাঁটাতার বোনা হল আবার। কিন্তু আমার সেই ধারণাকে টোকা দিয়ে ভেঙে ফেলে তাঁর এই আন্তরিক উপহারের খবর যখন অপু দিল আমাকে, মনে হল ছুট্টে বেরিয়ে চলে যাই ওঁর বাড়ি। হাতে তুলে নিয়ে জড়িয়ে ধরি বইটাকে, সুগন্ধ নিই তার পাতাদের, যা আসলে মুগ্ধতার সুবাস। ততক্ষণে বোর্ডিং শুরু হয়ে গেছে, আশ্চর্য এক অপেক্ষার জগৎ মাথার মধ্যে নিয়ে এগোলাম দরজার দিকে।

এই কয়েক ঘণ্টা আগে এসে পৌঁছেছি রাতের সিডনি শহরে, প্রাক্-বসন্তের ঠান্ডা হাওয়ার ঝাপটা মুখচোখ ধুইয়ে দিচ্ছে। কিন্তু কিছুতেই ভুলতে দিচ্ছে না একজন মানুষের মনে-রাখার মধ্যে মিশে থাকা আমার বিস্ময়। না-ই তো দিতে পারতেন নিজের বইখানা আমার নামে লিখে, মনে না-ই রাখতে পারতেন আমার নামটুকু! তাতে তাঁর জন্য মুগ্ধতা কম হত না আমার। কিন্তু এই যে দূরে যাবার সময়ে রেখে গেলেন চিরকুট, মনে করিয়ে গেলেন যে মনে আছে, তা আমার চিরকালের প্রাপ্তি হয়ে থেকে গেল।

শার্সি অনেক সময়ে ভ্রম দিয়ে তৈরি হয়। কাঁটাতার, ধারণা দিয়ে। কেবল কবিতাই পারে, সেই ভ্রম, সেই ধারণা মুছে দিতে। ভিজে রুমাল বা ঝোড়ো বাতাস হয়ে। সিডনির বিদায়ী শীত আমাকে বারবার পৌঁছে দিচ্ছে বর্ষার কলকাতায়। ফিরতে হবে, ফিরতে হবে তাড়াতাড়ি। খড়কুটো নিয়ে অপেক্ষা করছে পাতা। উড়ে যেতে হবে, বেরিয়ে পড়তে হবে, তার সঙ্গে...

সিডনি
৩০ অগস্ট, ২০১৭

চিরবসন্তের রাজা

সিডনি ছেড়ে ক্যানবেরা এসেছি দিনদুয়েক হল, আজ সেখান থেকেও তাঁবু গুটিয়ে নেবার পালা। আপাতত গাড়িতেই রওনা হওয়া মেলবোর্নের দিকে, আজ রাতে ছোট কোনও শহুরে মোটেল-এ কাটিয়ে নিয়ে কাল আবার লম্বা ড্রাইভ শেষে মেলবোর্ন পৌঁছনো। ক্যানবেরায় দিব্যি ঠান্ডা, দু'একজন গাছের নতুন পাতা কেবল জানান দিচ্ছে বসন্তের চলে আসার কথা। বাকি শহর জুড়ে এখনও শীতের দাপট, মনকেমন করিয়ে দেবার সব রসদ যার মুঠোয়।

সিডনি ছাড়ছি যখন, দেখা হল সুনীলদার সঙ্গে। ২০০১ সালে, ঠিক ষোলো বছর আগে এসব শহরে ঘুরে গেছেন স্বাতীদি আর সুনীলদা, এখানকার প্রত্যেক বাসিন্দাদের মনে সেইসব স্মৃতি এখনও ঝকঝকে। দেখা হল বলতে, সুনীলদার একখানা সাক্ষাৎকারের রেকর্ডিং দেখতে পেলাম। ২০০১ সালে, সিডনির 'আনন্দধারা'-র অনুষ্ঠানে পড়েছিলেন বেশ কিছু কবিতা, শোনার আর দেখার সুযোগ হল সেসবও। কিন্তু সবচাইতে বড় প্রাপ্তি হল তখন, যখন আমাদের সিডনি'র অগ্রজ বন্ধু শ্রীমন্ত'দা একখানা কবিতা বার করে দেখালেন তাঁর দেরাজ থেকে। এখানে তাঁরা যে-পত্রিকা প্রকাশ করেন, সেই 'দখিনা'-র জন্য সুনীলদা দিয়েছিলেন একটি লেখা। সাদা পৃষ্ঠায় তাঁর হস্তাক্ষরে সেই লেখা দেখে মনেই হচ্ছিল না অত বছর আগেকার কথা। মনে হচ্ছিল না, কেননা কবিতাটি বলছে আজকের কথা, এই মুহূর্তের কথা। কেননা, কবিতাটি পৃথিবীর শেষ দিন অবধি কথা বলবে, এমনই তার আয়ু।

সুনীল গঙ্গোপাধ্যায়

শুধু কবিতার জন্য

শুধু কবিতার জন্য এই জন্ম, শুধু কবিতার
জন্য কিছু খেলা, শুধু কবিতার জন্য একা হিম সন্ধেবেলা
ভুবন পেরিয়ে আসা, শুধু কবিতার জন্য
অপলক মুখশ্রীর শান্তি এক-ঝলক ;
শুধু কবিতার জন্য তুমি নারী, শুধু
কবিতার জন্য এত রক্তপাত, মেঘে গাঙ্গেয় প্রপাত
শুধু কবিতার জন্য আরো দীর্ঘদিন বেঁচে থাকতে লোভ হয়
মানুষের মতো ক্ষোভময় বেঁচে থাকা, শুধু কবিতার
জন্য আমি অমরত্ব তাচ্ছিল্য করেছি ॥

যে-কয়েক বছর দেখতে পেয়েছি তাঁকে, তাঁর জীবনযাপন-ই ছিল আমাদের ক্লাস রুম, তাঁর দেখার ভঙ্গিই ছিল আমাদের পাঠক্রম। হয়তো-বা শিখে উঠতে পারিনি কিছুই, কিন্তু যা কিছু সত্যি, যা কিছু ঠিক, তার পক্ষ নিয়ে অবিচলভাবে দাঁড়ানোর কথা ভেবেছি অন্তত।

'ঝলসে ওঠা অন্য জীবন' নামের এই কবিতায় তিনি লিখছেন —

রাস্তাগুলো দিক ভুলে যায়, দুপুরে মরীচিকা
অন্ধকারে কোথাও নেই, একটা কোনও শিখা?

গতকাল দেশ থেকে যে-খবর এল, তার পর নতুন পড়া এই দুই পঙক্তির চেয়ে বড় কোনও প্রশ্ন আর নেই আমার কাছে। হ্যাঁ, এই কবিতা আমি আগে পড়িনি। আজ, সুনীলদার জন্মদিনে, আমিই হাতে পেয়ে গেলাম এমন এক আশ্চর্য উপহার। রিটার্ন গিফট। শ্রীমন্তদার মারফত যা পৌঁছোল আমার কাছে। সুনীলদা চলে যাবার পর অন্ধকার আরও বেড়েছে,

কেননা এমন মানুষেরা অনেকখানি আলো নিজেদের সঙ্গে নিয়ে চলে যান। তবু, আমাদের রাস্তা খোঁজা থামেনি।

এই যেমন অস্ট্রেলিয়ার যেখানে যেখানে পৌঁছোচ্ছি, শুনছি তাঁর ঘুরে যাবার কথা। মনে হচ্ছে যেন তাঁর হেঁটে যাওয়া পথ অনুসরণ করেই এতদূর চলে এলাম, যেতে হবে আরও কিছু শহরে। কিন্তু কেবল মানচিত্রে নয়, জীবনে যদি কখনও তাঁর পথ অনুসারে চলতে পারি, এক পা-ও যদি হাঁটতে পারি তাঁর ছায়ার পিছন পিছন, পা ফেলার সার্থকতা হবে সেইখানেই।

কবে অন্য এক জীবন ঝলসে উঠবে দু'চোখে, সেই অপেক্ষা নিয়েই তো বেঁচে থাকা। মেলবোর্নের দিকে বয়ে যাওয়া হাইওয়ে জুড়ে এখন শীতের হাওয়া। আর অপেক্ষা। বসন্তের জন্য। শুভ জন্মদিন, সুনীলদা... আমাদের চিরবসন্তের রাজা!

ক্যানবেরা থেকে মেলবোর্ন
৭ সেপ্টেম্বর, ২০১৭

মুক্তির ঘুড়ি

গত পরশু গভীর রাতে Perth এসে পৌঁছেছি। গতকাল সন্ধেবেলা অনুষ্ঠান ছিল ব'লে সেসব নিয়েই ব্যস্ত থাকতে হয়েছিল, আজ সকাল থেকে বেশ ফাঁকা ফাঁকা লাগছে। এবারের মতো অস্ট্রেলিয়া সফর শেষ, আগামী পরশু, মহালয়ার রাত্তিরে নামব কলকাতায়। হয়তো সেই কারণেই, এই শহরে ভরপুর বসন্ত এসে পড়া সত্ত্বেও, গাঢ় নীল আকাশের দিকে তাকিয়ে কেবল মনে হচ্ছে, এই বুঝি জমজমাট শরৎ। নিরবিলি এই শহরতলির বাড়িতে বসে দুটো চারটে গাড়ির আওয়াজ আর পাখিদের কিচিরমিচির ছাড়া কিছু শোনা যাচ্ছে না ঠিকই, কিন্তু আমি দিব্যি শুনতে পাচ্ছি প্যান্ডেলে প্যান্ডেলে বাজতে থাকা হরেক কিসিমের গান, চোখ বন্ধ করলেই দেখতে পাচ্ছি কলকাতার সেজে ওঠা রাস্তাঘাট। বুঝতে পারছি এই এতদূর থেকেও, পুজো এসে গেছে।

এখানে যাদের বাড়িতে আমাদের থাকা, সেই সুপর্ণা আর সুবীর কলকাতা ছেড়েছেন বহুদিন হল, কিন্তু কলকাতা আজও তাঁদের ছাড়েনি। তাই বাড়ির আনাচ কানাচ থেকে উঁকি মারে ফেলে আসা শহরের কাহিনি। আজ সকালে উঠে যখন তাঁদের স্টাডিতে ঘুরে বেড়াচ্ছি আনমনে, হঠাৎ এক কোণে চোখ আটকে গেল। সার বেঁধে দাঁড় করানো অনেকগুলো ক্যাসেট। এ দৃশ্য ভারী চেনা আর কাছের, কারণ বেশ কিছু বছর আগে আমাদের সকলের বাড়িগুলোয় এমনটা দেখতে পাওয়া যেত। মধ্যবিত্ত সংসারে চাল ডালের মতো গানবাজনাও ছিল অপরিহার্য, তাই পছন্দের ক্যাসেট যে-কোনও মূল্যে জোগাড় করাটা আমাদের অভ্যেস

ছিল। এতদিন পর, দেশ থেকে এতদূরে এসে একসঙ্গে এতগুলো ক্যাসেট দেখে থমকে দাঁড়ালাম তাই।

এখন আর বাজানো যায় না ওদের, বাতিল সেই অর্থে। তবু থেকে গেছে কেন বাড়িতে? সার বেঁধে দাঁড়ানো নীরব ক্যাসেটের মধ্যে জ্বলজ্বল করে উঠল একখানা। 'নিষিদ্ধ ইস্তেহার'। ১৯৯৮ সালে, পুজোর ঠিক আগে আগে, এইরকমই কোনও এক সময়ে প্রকাশ পেয়েছিল সুমন চট্টোপাধ্যায়েব এই গানের সংকলন। হাতে তুলে নিয়ে থমকে দাঁড়ালাম, কেননা এই ক্যাসেটের চেহারা, তার স্পর্শ, আমাকে এক লহমায় নিয়ে গিয়ে ফেলল ১৯৯৮ সালের পুজোর দিনগুলোয়। তখন কী আশ্চর্য ঝকঝকে রকমের রোদ উঠত, টানটান, নির্মেদ। সুমন চাটুজ্যের গলার মতোই। আর সেই রোদের সুতো বেয়ে নেমে আসত পুজোর আকাশ, আমাদের হাতের মুঠোয়।

ক্যাসেটটার পিঠে যখন ছাপার অক্ষরে গানের ক্রম সাজানো দেখছি, তখন সেবারকার পুজোয় কাটানো প্রতিটা সকাল, দুপুর, সন্ধে আর রাত ভেসে উঠছে চোখের সামনে। সুমন চট্টোপাধ্যায়ের ক্যাসেট মানে তো কেবল পুজোর গান নয়, আমাদের বেঁচে থাকার গানও বটে। আমাদের প্রেম, বিদ্রোহ, আক্ষেপ, বিচ্ছেদ, উদ্‌যাপন, আক্রোশ...সব কিছু জড়িয়ে থাকত এইসব ক্যাসেটের বাদামি ফিতেয়।

'৯৮ সাল মানে আমি কলেজ ফাঁকি দিয়ে পালিয়েছি। ফিরে এসেছি পুজোর আগে আগেই

বাড়িতে। সামনে অনিশ্চয়তার বিরাট ঢেউ। আর সেই সময়ে জোর জোগানোর লোক বলতে এই ক্যাসেটবন্দি গলার অধিকারী মানুষটি। তিনি গাইছেন, 'কবি যে কোন চুলোয় যাবে, কেউ জানে না'... আর আমি পুজোর আগে আগে, ছাতিমের গন্ধে ভেসে যাওয়া মধ্যবিত্ত পাড়ার একফালি জানলা খুলে বসে শুনছি সেই গান, বৈঠা নিয়ে ভেসে পড়ছি জয়ের কবিতায়, ভেসে পড়ছি এক নিরুদ্দেশে, যার কোনও অস্তিত্বই নেই কোথাও। 'কবিয়াল' থেকে 'কাঙালপনা', 'জুয়া' থেকে 'যাকে ভালোবাসি'-তে-আরও একবার নরম হয়ে আসছে মন, শক্ত হচ্ছে মুঠো। আরও একবার, বেঁচে নেবার জোর পাচ্ছি আমি, আমরা। চোদ্দোটা গান আমাদের এগিয়ে দিচ্ছে আরও অনেকগুলো বছর। সুমনে মুখ ডুবিয়ে রোদ পোহাচ্ছি সক্কলে।

ছোট্ট বাক্সবন্দি এই ক্যাসেট, আজ আমার সময়যান। হয়তো বাতিল তার শরীর, কিন্তু তার আত্মা আজও বাতাসে বহমান, যে এক লহমায় আমাকে পিছিয়ে নিয়ে গেল উনিশ বছর আগের পুজোয়, উনিশ বছর আগের বেঁচে থাকায়, যেন তা ছিল আমার গতজন্ম। সুমনের গান, আমাদের একজন্মের কারিগর। আজ আর কোথাও সেই পুজো নেই, সেই ছেলেটা নেই, এমনকী তার সেই জানলাটাও বেহাত হয়েছে। আছে বলতে কেবল গানগুলোই। আর সেই গানের মধ্যে লুকিয়ে থাকা আমাদের বহু বছরের শরৎকাল। ডেনিম রঙের এক কণ্ঠস্বরের কাছে নতজানু হওয়ার সেইসব সকালগুলো, যখন আমরা আকাশকে জিন্স-এর শার্ট ভাবতাম, আর সূর্যকে তার বোতাম।

বিশ্বকর্মা পুজো না আজ? লাটাই নেই, ছাদ নেই, মাঞ্জার হাতও চলে গেছে সেই কবে। তবু হাত থেকে হাতে আজও পাচার হয় নিষিদ্ধ ইস্তেহার, আজও মুক্তির ঘুড়ি খবর পাঠায় কানে কানে। বহু দূরের অন্য এক শহরে বসে, বসন্তের আকাশে আজ স্মৃতির ঘুড়িই ওড়ালাম না-হয়...

পার্থ, অস্ট্রেলিয়া
১৭ সেপ্টেম্বর, ২০১৭

কান্নার রোশনাই

সেদিন জয় গোস্বামী আর রত্না মিত্র পড়ে শোনাবেন শঙ্খ ঘোষের কবিতা, কলকাতার আইসিসিআর প্রেক্ষাগৃহ কানায় কানায় ভরে উঠছে। শঙ্খবাবুও এসে পড়বেন কিছুক্ষণের মধ্যেই, তদারকে ব্যস্ত রত্নাদি। ত্রুটিহীন অনুষ্ঠানে যেমন হয়, পূর্বাবহ তৈরি করতে বাজানো হয়েছে নিখিল বন্দ্যোপাধ্যায়। রাগ মেঘ, সম্ভবত কোনও অনুষ্ঠানের রেকর্ডিং। আলাপ চলছে।

উইংসের পাশে, আবছা আলো-আঁধারিতে বেঞ্চের উপর চুপ করে বসে আছেন জয়দা। আমি দেখা করতে গেছি বেশ কিছুক্ষণ আগেই, কথাও হয়েছে টুকটাক, তারপর চুপ করে বসে আছেন। আমিও বসে আছি পাশেই। কিছুক্ষণ পর হঠাৎ বললেন, 'এইবারেই তো সব গন্ডগোল হয়ে গেল শ্রীজাত...।' প্রত্যুত্তরে আমার প্রশ্নের অপেক্ষা না-করেই ফের বললেন, 'এই যে নিখিল ব্যানার্জি শুনে ফেললাম, এরপর সারা সন্ধে কী করে কবিতা পড়ব, আমি জানি না'।

দুশ্চিন্তা খুব অস্বাভাবিক নয়, আমিও জানি। কেননা ততক্ষণে ঘন বর্ষণমুখর মেঘের গর্ভে ঢুকে পড়েছে নিখিল বন্দ্যোপাধ্যায়ের সেতার। মন্দ্র আর মধ্য সপ্তকের মধ্যে ঘোরাফেরা করছে বিদ্যুতের ঝলক। বৃষ্টি নামতে দেরি নেই বেশি। অনুষ্ঠান শুরু করবার সময় হয়ে গেলেই এ বাজনায় ছেদ পড়বে, তাও যেন মেনে নেওয়া যাচ্ছে না।

কথাটা বলে আবার মুখ নামিয়ে নিলেন জয়দা। কিছুক্ষণ পর ওঁর সেই আবিষ্কারের তেরছা

হাসিটা হেসে বললেন, 'এই যে, এই জায়গাটা শোনো, আমির খান সাহেবকে এড়াতে পারছেন না কিন্তু। মেঘকে তো বদলে দিয়েছিলেন আমির খান সাহেব, সেইটা বারেবারে ধরা পড়ছে এই বাজনায়। লক্ষ করছ?'

করছিলাম বইকি। মীড়ে, কৃংতনে, ঘসিট-এ বারবার ফিরে আসছিলেন আমির খান সাহেব, তাঁর জমাট মেঘপুঞ্জ নিয়ে। আদ্যন্ত মাইহারের মশালধারী খোদ নিখিল বন্দ্যোপাধ্যায়ও বেরোতে পারছেন না অত বড় মেঘের ছায়া থেকে।

প্রশ্ন হচ্ছে, বেরোতে চাইছেনও কি?

আমার সঙ্গে সঙ্গে মনে পড়ে গেল জীবনানন্দের কবিতার কথা। একা হাতে বাংলা কবিতার রাস্তাঘাট বদলে দেওয়া সেই শিল্পীর ছায়া এড়াতেও লেগেছিল বহু দিন। এমনকী বিনয় মজুমদার বা শক্তি চট্টোপাধ্যায়ের মতো ঘোর স্বতন্ত্র বৃক্ষেরাও সেই মহীরুহের ছায়া এড়াতে পারেননি কখনও সখনও। প্রশ্ন সেই একই। চেয়েছিলেন কি আদৌ?

তাঁদের কিছু কিছু লেখা পড়লে আবছা দেখতে পাওয়া যায়, পাশ দিয়ে হেঁটে যাচ্ছেন জীবনানন্দ দাশ। সে-ও কি এক মেঘের উত্তরাধিকার নয়? এ প্রশ্নই করছি যখন জয়দাকে, তাঁর নাম উচ্চারিত হল মঞ্চ থেকে। উঠে যেতে হল তাঁকে, আমি নেমে এলাম শ্রোতার আসনে, শুরু হল অনুষ্ঠান। এমন সন্ধে কলকাতার বুকে খুব কম নেমেছে, এ যেমন ঠিক, তেমন এ-ও ঠিক, উচ্চারিত কবিতারাজি-র ফাঁকে ফাঁকে বারেবারে মেঘ করে আসছিল সারা সন্ধে জুড়ে। নিখিল বন্দ্যোপাধ্যায়ের মেঘ।

এতদিন পর লিখছি কেন এ কথা? গত পরশু সন্ধেবেলা, Perth শহরের Murdoch Universitye-র এক প্রেক্ষাগৃহে কবিতা পড়বার কথা আমার। অনুষ্ঠান শুরু হওয়ার আধ ঘণ্টা আগেই পৌঁছেছি, যাতে বসার জায়গা থেকে ধ্বনি প্রক্ষেপণ, সবই একবার ঝালিয়ে নেওয়া যায়। প্রেক্ষাগৃহের দরজা ঠেলে সিঁড়িতে পা রেখেই থমকে যেতে হল। খুব আলতো স্বরে, সারঙ্গি বাজছে। রাগটা যে ইমন, তা বুঝে নিতে যে-একপলক সময় লাগে, তার চেয়েও কম সময় লাগে বুঝতে, তারের ওপর ছড়ের এই টান একজনের-ই হতে পারে। উস্তাদ সুলতান খান সাহেব।

শহরের নানা প্রান্ত থেকে এসে মানুষজন তখন ঢুকছেন প্রেক্ষাগৃহে, নিচ্ছেন যাঁর যাঁর আসন। স্বাভাবিকভাবেই, কথাবার্তার গুঞ্জন ছড়িয়ে পড়ছে ক্রমশ। কিন্তু আমার কান আটকে গেছে ওই ইমনে। ধ্বনি প্রক্ষেপণে ছিলেন সুপ্রতীক, আলাপ করলাম তাঁর কাছে গিয়ে (পরে

জেনেছি, ইনি পণ্ডিত কুমার ঘোষের ছাত্রও বটে)। ইউটিউব থেকে বাজছে সুলতান খান সাহেবের এই বাজনা। স্পিকার আরও একটু বাড়াতে বলায় ভারী খুশি হলেন তিনি। গমগম করে বেজে উঠলেন সুলতান খান সাহেব, তাঁর সারঙ্গি নিয়ে। আর প্রতিবারের মতো, চিনচিন করে উঠল বুক।

আজ অবধি যতবার সুলতান খান সাহেবকে শুনেছি, তা সে সামনে বসেই হোক বা রেকর্ডে, বুকের মধ্যে এই মোচড়ের কোনও ব্যতিক্রম ঘটেনি। যেসব রাগের চলন অন্যদের গানে বা বাজনায় শুনে মন আনন্দে ভরে গেছে বারবার, সুলতান খান সাহেব সেইসব রাগকেই কান্নার রসদ বানিয়ে দিয়েছেন আঙুল আর ছড়ের তিন আঁচড়ে। যেন বাড়ি ফিরে

যেতে ইচ্ছে করছে না কারও, যেন ঝেঁপে আসা সত্ত্বেও বোঝা যাচ্ছে না অকারণ কান্নার উৎস, যেন কার সঙ্গে আজ শেষবার দেখা হবার কথা... এইরকম মনে হচ্ছে ওই ইমনের চিকের এপার থেকে। এ-বাজনা একমাত্র সুলতান খান সাহেবের পক্ষেই সম্ভব ছিল। ওরকম মিঠে ব্যথার হাত নিয়ে আর কাউকে বাজাতে শুনিনি আমি অন্তত।

বুঝলাম, আজ অনুষ্ঠান ওঁরই। আমি বা আমরা কেবল অজুহাতমাত্র। কেবল মনে হচ্ছিল, লোকজন জড়ো হতে আরও অনেক দেরি হোক, বাজতেই থাকুক সেই অপার্থিব ইমন। কবিতা শোনবার জন্যে মানুষ এসেছেন যখন, এর চাইতে সার্থক কবিতা আর কী-ই বা হতে পারে? শেষমেশ অবশ্য, সেই আগের সন্ধের মতোই, বাজনা থামিয়ে অনুষ্ঠান শুরু করতে হল। তফাত এইখানেই যে, সেইদিন পড়া হচ্ছিল শঙ্খ ঘোষের কবিতা।

প্রায় আড়াই ঘণ্টা চলল অনুষ্ঠান। কবিতা, আড্ডা, চায়ের বিরতি, প্রশ্নোত্তর, ছিল সবই। কেবল আমার মাথার মধ্যে অদম্য চারাগাছের মতো লতিয়ে বেড়ে উঠতে লাগল ইমনের বীজ, যার গায়ে সারঙ্গি চুঁইয়ে সুর ঢালছেন সুলতান খান সাহেব। ছায়াপথের মতো বিস্তীর্ণ ওই ইমনের মধ্যে কত কবিতা যে মিলিয়ে যেতে পারে নিমেষে, তার হিসেব নেই। যেমন মিলিয়ে গেছি আমিও। মহাশূন্যে ঘুরপাক খেতে থাকা ধ্বনিতরঙ্গের বিশালতার মধ্যে কণারও অতীত হয়ে মিলিয়ে গেছি। আর দেখতে পাচ্ছি, শেষ না হওয়া-আশ্চর্য অন্ধকারের মধ্যে ভেসে ভেসে বয়ে চলেছে নক্ষত্রপুঞ্জের মতো এক সারঙ্গি, যার কান্নার রোশনাই থেকে আমাদের মুক্তি নেই আর...

পার্থ, অস্ট্রেলিয়া
১৭ সেপ্টেম্বর ২০১৭

সমাপতনের নকশা

সে বহু বছর আগেকার কথা। লন্ডনের অক্সফোর্ড স্ট্রিটে এমনিই হাঁটতে বেরিয়েছেন চার্লস সাহেব। এ তাঁর দেশ নয়, কিন্তু ক'দিনের জন্য বেড়াতে মন্দ লাগছে না বই কি। অক্সফোর্ড স্ট্রিট জুড়ে পুরোনো বইয়ের দোকান, খানিকটা আমাদের কলেজ স্ট্রিটের মতোই। এ-দোকান সে-দোকান বইপত্তর ঘাঁটতে ঘাঁটতে হঠাৎ-ই সাহেবের চোখ আটকাল ভারী পুরোনো এক বইয়ে। হাতে তুলে নিয়ে এক-দু'পাতা উলটে দেখতেই তিনি বুঝলেন, এ বই তাঁকে কিনে নিয়ে ফিরতেই হবে। দরদাম করতে হল না, দোকানি এক পাউন্ডের বিনিময়েই বইখানা হাতছাড়া করতে রাজি হয়ে গেলেন। খোশমেজাজে বিকেলের বাকি পায়চারিটুকু সারলেন চার্লস সাহেব। সেই সন্ধেয় বলার মতো আর কোনও ঘটনা ঘটল না।

Perthe-এ যাদের অতিথি হয়ে ছিলাম, সেই সুপর্ণা আর সুবীরদা'র বড় পুত্র শৌনক দিব্যি মিশুকে। ক'দিন আগেই কেমব্রিজ থেকে আইন পাশ করে এসে নতুন চাকরিতে ঢুকেছে, কিন্তু আমরা এসে পড়ায় সেখান থেকেও ছুটি নিয়ে ঘুরছে আমাদের সঙ্গে সঙ্গেই। অনুষ্ঠান হয়ে গেছে রোববার, সোমবার শৌনক ডাউনটাউন ঘোরাতে নিয়ে গেল। শহরের জমজমাট অলিগলি পেরিয়ে জেটির ধারে বসে পড়ন্ত সন্ধের কালো কফিও জুটল তারই দৌলতে।

ফেরার পথে তার বিনীত আবদার, একবার তার জ্যাঠা-জেঠির বাড়িতে ঘুরে গেলে

ভালো হয়। আমরা তো এক পায়ে খাড়া। শুনেছি তাঁরা অস্ট্রেলিয়ার পুরনো বাঙালি বাসিন্দা, এই সুযোগে দু'একখানা মনে রাখার মতো গপ্পোও শোনা যেতে পারে, সে-লোভও বড় কম নয় আমাদের।

সন্ধের মুখে আমরা পৌঁছোলাম শৌনকের জ্যাঠা-জেঠির চমৎকার বাড়িতে। সমীরকুমার চট্টোপাধ্যায়, শৌনকের আদর-আবদারের জ্যাঠা সেই ১৯৭৩ সালে চলে এসেছিলেন অস্ট্রেলিয়া, ফেরেননি আর। বইপোকা পণ্ডিত মানুষটি নানান বিশ্ববিদ্যালয়ে পড়িয়েছেন, সরকারিভাবে অবসরের পরে আমন্ত্রিত হয়ে অধ্যাপনা করে চলেছেন এখনও। এত বছরের প্রবাসী, কিন্তু তাঁদের প্রতিটি কথা থেকে এখনকার দেশ, এখনকার কলকাতা কুড়িয়ে নেওয়া যায়। আমাদের আড্ডা জমে যেতে মুহূর্তও লাগল না।

শৌনক একটু তাড়াই দিচ্ছিল আমাদের নিয়ে বাড়ি ফিরবে বলে, কিন্তু বইপত্তরের গল্প, রাজনীতির চর্চা শুরু হলে সহজে থামে না। সমীরবাবুর কথার মধ্যে এমন এক নিরহং প্রাচুর্য আছে, যার আলো এড়ানো যায় না। সেই আলোয় ঝলমল করা বসার ঘরে বসেই আমরা যখন চায়ে চুমুক দিচ্ছি, তিনি বললেন, যাবার আগে একটি বই আমাদের দেখাতে চান। এমন মানুষের বাড়িতে বইয়ের সংগ্রহ যে তাক লাগানো হবে, তাতে অবাক হবার কিছু নেই। কিন্তু তিনি স্বয়ং যখন আগ্রহ নিয়ে দেখাতে চাইছেন একখানা বই, কৌতূহল আমাদেরও কিছু কম হল না।

চা-পালা শেষ হলে যত্নের মোড়কে আড়াল করে রাখা সেই বই তিনি এনে রাখলেন টেবিলের ওপর। 'সকলকে আমি দেখাই না এই বই, আজকাল এসবের কদর ক'জন বোঝে বলুন? কিন্তু মনে হয় আপনাদের ভালো লাগবে'—এই কথা বলে তিনি দু'হাতের পরম আদরে মোড়ক সরালেন সেই বইয়ের, যেভাবে জাদুমন্ত্র আওড়ানোর পর জাদুকর তাঁর বাক্সের ডালা খোলেন। আমাদের সামনে, টেবিলের ওপর, পড়ে আছে 'The Crescent Moon'। নীচে কবির নাম লেখা—'Rabindranath Tagore, তারও নীচে প্রবাদপ্রতিম প্রকাশনা Macmillan and Co।

এই দৃশ্যের সামনে আমি আর দূর্বা দাঁড়িয়ে থাকলাম চুপ করে। আর আমাদের বিস্মিত করতে পেরে জিতে যাওয়া জাদুকরের হাসি নিয়ে দাঁড়িয়ে থাকলেন সমীরবাবু। রবীন্দ্রনাথের নিজের অনুবাদে প্রকাশিত এ-বইয়ের কথা শুনেছি অবশ্যই, কিন্তু অবয়বে তাকে দেখার সুযোগ হয়নি কোনও দিন। দেখে বেশ পুরোনো কপিই মনে হচ্ছে। লোভ সামলাতে না-পেরে

The Crescent Moon
Rabindranath Tagore

জিগ্যেস করলাম, 'একবার হাতে নিয়ে দেখব?'

দরাজ-দিল প্রৌঢ় অধ্যাপক আরও রহস্যের হাসি তৈরি করে বললেন, 'খুলে দেখুন একবার, ভেতরের পাতাখানা।'

প্রথম পাতাতেই, বইয়ে লিখে দিচ্ছেন খোদ রবীন্দ্রনাথ। গীতাঞ্জলি-র ইংরেজি অনুবাদ, 'The Song Offerings'-এর ৯৪ সংখ্যক কবিতাটি লিখে, নীচে সই করছেন তিনি। সময়, থমকে আছে সেই হলদে হয়ে আসা পাতার শরীরে।

থমকে দাঁড়ালাম আমরাও। তখনও বিশ্বাস হচ্ছে না, ৫ সেপ্টেম্বর, ১৯১৪-এ স্বাক্ষরিত এই বই-এর সামনে, তার ১০৩ বছর পর আরেক সেপ্টেম্বর মাসেই দাঁড়িয়ে আছি আমরা! পাতার গায়েই কেঁপে কেঁপে উঠছে আমার অবিশ্বাসী আঙুল, দূর্বার বিশ্বাসী দুই চোখের কোণ ততক্ষণে চিকচিক। আর সেই সন্ধের জাদুকর, সমীরবাবুর সৌম্য চেহারা উদ্ভাসিত তৃপ্তির আলোয়।

১৯১৩ সালে, রবীন্দ্রনাথ নোবেল স্বীকৃতি পাবার বছরেই, লন্ডন-এর ম্যাকমিলান থেকে প্রথম প্রকাশ পায় 'The Crescent Moon', 'শিশু' কাব্যগ্রন্থের অনুবাদ। সমীরবাবুর সংগৃহীত কপিটি তার পরের বছরের। অর্থাৎ, যতদূর সম্ভব, সগৌরব প্রথম সংস্করণ। যদিও সেই গৌরবকে ঐতিহাসিক ঔজ্জ্বল্য এনে দিয়েছে প্রথম পাতার ওই কয়েকখানা হাতে লেখা লাইন।

কাকে বা কাদের সে-বই লিখে দিয়েছিলেন রবীন্দ্রনাথ?

প্রাপকের নাম নেই কোথাও। নাকি অন্য কোনও কারণে এই কবিতাটি উদ্ধৃত করে স্বাক্ষর করেছিলেন তিনি?

জানা যায় না তাও। আর কীভাবেই-বা বহুমূল্যবান এই গ্রন্থ শেষমেশ আশ্রয় পেল রাস্তার ধারের এক পুরোনো বইয়ের দোকানে? উত্তর নেই সেই রহস্যেরও। অবশ্য তার চাইতে বড় রহস্য এঁকে দিয়েছে খোদ সময়।

Perth নিবাসী চার্লস সাহেব ছিলেন সমীরবাবুর পড়োশি ও সুহৃদ। বছর কয়েক আগে, এক সন্ধেবেলা তাঁকে নিজের বাড়িতে স্যুপের নেমন্তন্ন ক'রে এই বইখানা উপহার দেন। রবীন্দ্রনাথের সই করা দুষ্প্রাপ্য বই, সাহিত্যপ্রেমী বাঙালি অধ্যাপকের বাড়িতে সে সবচাইতে ভালো থাকবে, এই ভাবনা থেকেই এমন দুর্মূল্য উপহার সমীরবাবু'র হাতে তুলে দেন চার্লস সাহেব। তারপর থেকে নিজের সমস্ত সত্তা দিয়ে সে-বই আগলে রেখেছেন সমীরবাবু, যার

জৌলুসে ধাঁধিয়ে যাচ্ছিল আমাদের অন্তরের রাস্তাঘাট।

বিস্মিত হচ্ছিলাম সময়ের এই অভাবনীয় সমাপতনের নকশা বোনা দেখে। সেদিন অক্সফোর্ড স্ট্রিটের সেই বিকেলে ওই বইয়ের দোকানে না-ও তো ঢুকতে পারতেন চার্লস! ঢুকলেও এমন একটি বই তাঁর নজর বা কদর এড়িয়ে যেতেই তো পারত? না-এড়ালেও, তিনি তো Perth ব্যতীত পৃথিবীর অন্য যে-কোনও শহরের বাসিন্দা হতে পারতেন! হলেন-ই বা যদি, অত বড় শহরে তাঁর সঙ্গে আলাপ না-ই হতে পারত সমীরবাবুর?

কিন্তু এই সবক'টি ঘটে গেছে একের পর এক, সময়ের নানা ব্যবধানে। রবীন্দ্রনাথের দু'হাতের মধ্য থেকে বেরিয়ে এই এত এত অবিশ্বাস্য যোগাযোগের পথ পেরিয়ে সে-বই ঠিক এসে উঠেছে এক বাঙালি সাহিত্যরসিকের বাড়ি। আর তার চেয়েও বড় আশ্চর্য, সেই বাড়িতেই এক সন্ধেবেলা চায়ের আড্ডায় পৌঁছোচ্ছি আমরা! এই যোগাযোগ তো তৈরি না-ই হতে পারত?

কিন্তু হল। সময়ের অদৃশ্য ঘুঁটির নিখুঁত চালে এক শতাব্দীরও বেশি সময় পেরিয়ে তাঁর কবিতাখানি কৌতূহলভরে পড়তে দাঁড়ালাম আমরা। হয়তো কবিতাই পারে, এমন দুর্ভেদ্য রহস্য সৃষ্টি করতে।

বাকি সন্ধেটুকু কথা বলতে পারলাম না দুজনের কেউ-ই। কেবল নিজেদের থিতু করে উঠতেই কেটে গেল বহুক্ষণ। সারা জীবন মনে রাখার মতো অভিজ্ঞতা সামলে নিয়ে, দরজায় দাঁড়িয়ে থাকা শৌনকের জ্যাঠা-জেঠির প্রতি যখন হাত নাড়ছি আমরা, দিগন্তে রাতের তারা ঝিকমিক করছে।

অপার্থিব! অথচ পৃথিবীরই আকাশে। ঠিক রবীন্দ্রনাথের মতোই...

পার্থ, অস্ট্রেলিয়া
১৮ সেপ্টেম্বর, ২০১৭

হোমটাস্ক

'সেই আমার পাশেই এসে বসলি?'
সেলিমপুর থেকে গোলপার্ক যাব সন্ধের মুখে, তারই জন্যে দাঁড়িয়ে আছি অনেকক্ষণ। প্রায় গোটা পনেরো অটো ছেড়ে দেবার পর একটায় জায়গা দেখে পড়ি কি মরি লাফ দিয়ে উঠতেই ডান পাশ থেকে এই প্রশ্ন। বাইরেটা পুজোর রোশনাইয়ে ধাঁধিয়ে আছে ব'লেই অটোর ভেতরে তেমন ঠাহর হচ্ছে না। ভালো করে তাকাতেই দেখি, মধুমিতাদি। আমাদের স্কুলে ভূগোল পড়াতেন, কয়েক বছর হল অবসর পেয়েছেন।

অবিশ্যি কেবল 'ভূগোল পড়াতেন' বললে কিছুই বোঝানো হয় না, বরং বলা ভাল এমন সম্মোহনীভাবে পড়াতেন যে, আমার মতো অঙ্কে ভিতু পড়ুয়াও উচ্চমাধ্যমিকে ভূগোল নিয়েছিল এবং শেষমেশ ভূগোল নিয়েই স্নাতক স্তর পেরোবে বলে লাফও দিয়েছিল। বাকি জীবনটা যে মন্দার বোস হবার জন্য অপেক্ষা করে বসে আছে, সে তো আর তখন জানা ছিল না!

দিদি দেখি দিব্যি সেজেগুজে কোথায় একটা চলেছেন। রংদার নীল শাড়িটা আবছা অন্ধকারেও চোখ এড়াল না। স্কুলে বেশ আটপৌরেভাবেই সকলে থাকতেন ব'লে একটু সাজগোজ করা স্যার বা দিদিদের দেখলে আমাদের ভারী অন্যরকম ভালো লাগত। এদিনও তেমনই লাগল।

'চললেন কোথায়?'

মধুমিতাদির সঙ্গে গড়িয়া-গোলপার্ক রুটের অটোতে বেশ কয়েকবার দেখা হয়েছে আমার, তখন দিদি হয় স্কুলে যাচ্ছেন, নয় ফিরছেন স্কুল থেকে।

'স্কুলের অ্যানুয়াল ফাংশন তো আজ, মধুসূদন মঞ্চে।'

আমি একটু অবাক হয়ে 'এখন?'

জিগ্যেস করতেই আদুরে বকার স্বরে বললেন, 'তোর কিচ্ছু মনে নেই! পুজোর আগে আগেই তো হতো বরাবর।'

সত্যিই তো! মনে নেই এক্কেবারে। অথচ এই অনুষ্ঠানে কতবার তো গেছিও বন্ধুরা। তবু মনে নেই।

কেবল মনে আছে, স্কুলে মধুমিতাদির পড়ানোয় এত মজে গিয়েছিলাম যে, জেদ ধরেছিলাম, ওঁর কাছেই পড়ব প্রাইভেটে। বাবা খুব গুছিয়ে কথা বলতে পারতেন, তিনিই নিয়ে গেছিলেন আমায় ওঁর কাছে। নইলে আমার মতো লাস্ট বেঞ্চারকে পড়াতে ওঁর বয়েই গেছিল।

গড়িয়ার আগে যে শ্রীরামপুর, সেখানে ঢুকে, বেশ কিছু ডান-বাঁ পার করে, কল্যাণ সমিতির মাঠ ছাড়িয়ে বাঁ হাতে একটা গলির শেষ মাথায় ছিল দিদিদের বাড়ি। এখনও আছে নিশ্চয়ই। হপ্তায় একদিন, সন্ধের পর, আমরা ক'জন দল বেঁধে পড়তে যেতাম ওঁর কাছে। তখন দিদির নাম চারদিকে, দূর দূর থেকে ছেলেমেয়েরা পড়তে আসে রোজ, স্কুল থেকে ফিরে কোনও রকমে হাত মুখ ধুয়েই বসে যান পড়াতে। এক দলের পড়া শেষ হতে না হতেই বাইরে পরের ঝাঁকের ঝটপটানি শুনতে পাওয়া যেত। আমরাও তেমনই, ডানা মুড়ে ব্যাগ কাঁধে সন্ধে হতে-না-হতেই নেমে আসতাম গড়িয়ার সেই নিরিবিলি পাড়ায়, দিদির দরজার সামনে।

শঙ্খবাবুর শিরোনাম ধার নিয়ে, একটু ভাঙচুর চালিয়ে বলতে ইচ্ছে করে, তখন সব অলীক। সেই পাড়া, সেই স্কুল ইউনিফর্ম পরা ছেলেমেয়ের দল, সেই ব্যাগভর্তি বই-খাতা-স্বপ্ন, সেই হাতে হাতে চিরকুটের ভেসে যাওয়া, আর পুজোর ঠিক আগে মন-ভাল আর মন-কেমনের মাঝখানে একটা বাসস্টপ। এই জীবনের মধ্যে যে আমিও একদিন ছিলাম কোথাও, আজ বহু পিছনে তাকালেও তা আর বিশ্বাস হতে চায় না।

তখন বন্ধুদের মধ্যেই প্রেম চলছে কয়েকজনের, আর আমি, চিরমুখচোরা, সেসবের আশ্চর্য সাক্ষী হয়ে থাকছি। বান্ধবীদের ঘামের সঙ্গে ছাতিমের গন্ধ মিশে গিয়ে তৈরি হচ্ছে

পৃথিবীর বিরলতম মাদক, সাক্ষী থাকছি তারও। এক গলি থেকে আরেক গলিতে আদিম গ্যালাক্সির মতো বয়ে চলেছে সদ্য লাগানো টুনির মালা, আর সেই অপার্থিব ঝিলমিলের মধ্যে কারও কারও প্রশ্রয়ের হাসি বাড়িয়ে দিয়ে যাচ্ছে স্পন্দন। ছুটি আসছে। পুজো আসছে। জীবন, আসছে।

মধুমিতাদির কাছে পড়তে যাওয়ার সন্ধেগুলোয় এইসব উপহার নিচু হয়ে কুড়িয়ে নিতাম আমরা। তুন্দ্রা অঞ্চলের খাদ্যাভ্যাস ঝালিয়ে নিতে নিতে ঝালমুড়িওলার কথা মনে পড়ে যেত, পাললিক শিলার গঠন বুঝতে গিয়ে জেনে ফেলতাম হাতের তালুর উত্তাপ। এইসব অলীক তখন অনায়াসে ঘটতে পারত, যখন আমরা পড়তে যেতাম দিদির কাছে।

পুজোর আগে আগে, স্কুল ছুটির মুখে, দিদি গুচ্ছের হোমটাস্ক দিতেন। খাতার পাতায় সেসব বেজার মুখে টুকে নিতে নিতে ভাবতাম, কীভাবে শেষ করব কে জানে! তারপর, উড়ে যেতাম যার যার পাড়ার প্যান্ডেলের দিকে।

'বাড়িতে পড়ান এখনও?' যোধপুর পার্কের লম্বা সিগন্যালে সময়ভ্রমণ সেরে নিয়ে প্রশ্ন করলাম দিদিকে।

'না রে, এখন পুরোপুরি অবসর'।

সে একরকম ভালোই। কেবল আমি ভাবলাম, পুজোর মুখে বা হেমন্তের শিরিশিরে সন্ধেবেলাগুলোয়, ঝমঝমে বৃষ্টির মধ্যে বা বসন্তের তেরছা বাতাস কাটিয়ে এখন তবে ডানপিটে সেসব পড়ুয়ার দল পেরোয় না অলীক সেই পথ? কে জানে, হয়তো বা অন্য কোনও পাড়ার হিজিবিজিতে ভরে ওঠে রূপকথার রাফ-বুক। নদী তো একভাবে বয়ে যায় না চিরকাল।

ঢাকুরিয়ায় নামলেন দিদি। বহু বছরের অভ্যেস, তাই আমিও নেমে একবার হাত ঠেকালাম পায়ে। মুহূর্তে, ওই লোকে লোকারণ্য জমজমাট ঢাকুরিয়ার মোড় আমার কাছে ফাঁকা ক্লাসরুম হয়ে গেল। যেন পড়া সেরে সকলে চলে গেছে, আমিই একটু পিছিয়ে পড়েছি কেবল। মাথায় হাত রেখে, অল্প হেসে দিদি বললেন, 'ভাল থাকিস রে। অনেক বড় হ'।

আমার মনে হল, পুজোর ছুটির মুখে, আরও একবার আনমনা লাস্ট বেঞ্চারটাকে হোমটাস্ক দিলেন মধুমিতাদি। যা কোনও দিন শেষ হবার নয়...

কলকাতা
২৩ সেপ্টেম্বর, ২০১৭

LIKE & SHARE

www.ingramcontent.com/pod-product-compliance
Lightning Source LLC
LaVergne TN
LVHW090405051026
849518LV00006B/2243
9788183744959